33 REVOLUÇÕES
e cinco contos

CANEK SÁNCHEZ GUEVARA

33 REVOLUÇÕES
e cinco contos

Tradução
Julián Fuks

TUSQUETS EDITORES

Título original: *33 revoluciones*

Preparação: Thais Rimkus
Revisão: Maurício Katayama e Isabel Jorge Cury
Projeto gráfico: Jussara Fino
Diagramação: Abreu's System
Capa: Adaptado do projeto original por Compañía
Imagem de capa: Thiago Lacaz

CIP-BRASIL. CATALOGAÇÃO-NA-FONTE
SINDICATO NACIONAL DOS EDITORES DE LIVROS, RJ

G969t
Guevara, Canek
33 revoluções : e cinco contos / Canek Sánchez Guevara ; tradução Julián Fuks. - 1. ed. - São Paulo : Planeta, 2016.

Tradução de: 33 revoluciones
ISBN 978-85-422-0844-3

1. Ficção cubana. I. Fuks, Julian. II. Título.

16-36179 CDD: 868.992313
CDU: 821.134.2(729.1)-3

2016

EDITORA PLANETA DO BRASIL LTDA.
Rua Padre João Manuel, 100 – 21º andar
Ed. Horsa II – Cerqueira César
01411-000 – São Paulo-SP
www.planetadelivros.com.br
atendimento@editoraplaneta.com.br

Sumário

Apresentação

Canek começou a esboçar os relatos incluídos nesta edição em Oaxaca, por volta de 1997. Alguns começaram como uns poucos parágrafos de um romance, outros foram contos desde o começo, mas todos ganharam sua forma definitiva muitos anos depois. O caso é que, após ter escrito um livro de poesia, *Diario del Yo*, em 1996, ele começou um romance-rio ambientado em Oaxaca, ao mesmo tempo que retratava uma série de personagens cubanos produzidos socialmente pela revolução.

À medida que Canek ia construindo o mundo dos personagens, foi entendendo que cada um era protagonista de um conto independente. Com eles, pensava editar pequenas publicações minimalistas.

Canek escrevia obsessivamente e podia produzir um conto inteiro em poucas horas, mas nunca deixava de revisitar cada frase e recriar as circunstâncias de seus personagens. Muitas vezes, desses contos se desprenderam outros.

Em sua viagem contínua, Canek encontrava em qualquer lugar o momento para sacar o caderninho e, com letra miúda, enchê-lo de anotações para seus contos, de reflexões críticas ou descrições de ambientes. Fazia isso no saguão de algum aeroporto, num chalé nas florestas da América Central, nos cafés muito urbanos do Panamá, nas ruas do México: não é casual que em seus contos se possam encontrar frases e palavras que provêm de mundos distintos. Podem ser imagens recuperadas de velhas lembranças ou visões de cada momento.

O espiral de Guacarnaco foi escrito numa tarde em Oaxaca, em 1997, mas ele só deu o texto por encerrado em 2012. Outros, como *A casa ganha*, ele redigiu no Panamá em 2011 e nunca mais voltou a tocar. Mas *33 revoluções* foi seu texto mais acabado: ele dedicou vários anos a esculpir cada imagem, cada sensação de todos os homens que arriscam a vida pela vida.

Alberto Sánchez,
pai de Canek Sánchez Guevara

33 REVOLUÇÕES

1

Tudo se move do outro lado da janela: árvores de papel, máquinas de brinquedo, casas de pau, cachorros de palha. Uma mancha de espuma percorre as ruas. Deixa água, algas, coisas quebradas, até a onda seguinte, em que tudo se renova. A maré arranca o que o vento não consegue derrubar. O prédio resiste ao embate. Em seu interior, os corredores estão cheios de rostos temerosos e gente que reza instruções e obviedades ("é preciso manter a calma, companheiros: nada é eterno"). Todos verbalizam de uma só vez (vinte discos riscados soando ao mesmo tempo): todos dizem o mesmo com palavras diferentes, como na fila ou no comício. Mania de falar: doze milhões de discos riscados tagarelando sem parar. O país inteiro é um disco riscado (tudo se repete: cada dia é uma repetição do anterior, cada semana, mês, ano; e de repetição em repetição o som se degrada até que só resta uma vaga e irreconhecível lembrança do áudio original – a música desaparece, substituída por um murmúrio arenoso incompreensível). Um transformador explode à distância, e a cidade fica na escuridão. O prédio é um buraco negro no meio deste universo que insiste em desabar com estrépito. Nada funciona, mas tudo dá na mesma. Sempre dá na mesma. Como um disco riscado, que sempre se repete...

2

O vento atravessa as frestas, o encanamento assobia, o prédio é um órgão multifamiliar. Nada se parece à música do ciclone; ela é única, inconfundível, linda. No pequeno apartamento, as paredes pintadas de qualquer cor, sem enfeites nem imagens, combinam com os poucos móveis, a televisão de madeira, a vitrola russa, o rádio velho, a câmera pendurada num prego. O telefone fora do gancho e os discos no chão. A água escorre pelas janelas, as paredes lacrimejam e poças se formam no piso. Lodo. Imundície e mais imundície. Um disco riscado e imundo. Milhões de discos riscados e imundos. A vida toda é um disco riscado e imundo. Repetição atrás de repetição do disco riscado do tempo e da imundície.

Na cozinha, duas latas de leite condensado, uma de tamale, um pacote de biscoitos. Do lado, um ovo, um pedaço de pão, uma garrafa de rum. Algumas comidas pesadas, com mofo. A batedeira num canto da mesinha; a frigideira em cima do fogão (a gordura na parede) e a geladeira dos anos 1950, vazia e desligada, com a porta aberta. No quarto, a cama fica no meio. O banheiro é minúsculo, escuro, sem água. O chuveiro mal se usa: o balde e a jarra o substituem. O tubo de pasta de dentes, o desodorante, a lâmina de barbear: o espelho trincado pinta uma cicatriz no reflexo.

Sai à sacada e é atingido por uma rajada de vento. Anônimo na imensidade da tormenta, abandonado à própria sorte e repetindo o disco riscado da vida e da morte, acende um cigarro diante daquele cartão-postal do fim do mundo. Uma e outra vez, como um disco riscado, se pergunta por que tudo parece imutável, apesar dos arrebatamentos de cada mutação. O prédio resiste, sim, mas todo o resto afunda entre as algas e as coisas mortas deixadas pela maré. Por último, sorri: com o passar dos dias o mar curará sua doença tropical, e o ciclo repetitivo da rotina voltará, como um disco riscado, ao encontro da normalidade.

3

O disco riscado no trabalho. O escritório, a foto do governante, a escrivaninha metálica, a cadeira de suas hemorroidas, a máquina de escrever velha e gorda, a caneta de um lado, os papéis amarelados, os carimbos, o telefone. O administrador aparece. Ondeia a papelada, alisa com um gesto a *guayabera** branca e limpa a garganta antes de falar. Quando recebe ordens, sua voz lembra uma flauta; quando dá ordens, lembra um trombone. Como agora. Ao sair do escritório, deixa o eco da batida da porta, e o outro fica, enfim, sozinho em sua sala, mais negro, mais magro e mais nervoso do que de costume. Um pouco mais subordinado também.

Toca o telefone, e o negro magro e nervoso atende sem muita firmeza. Só ouve um ruído por trás dos fios – muito atrás, como um disco riscado – e desliga. Vai em direção à janela e acende um cigarro Popular. A vida para diante de seus olhos e não o assombra. Pensa que no fundo sempre foi assim, um repouso disfarçado de *dy nam is***. Dá uma olhada no relógio automático

---

*Camisa masculina com pregas verticais, comum em diversos países da América Latina. (N.T.)

** Dynamis, termo grego para força, poder, que está na origem da palavra "dinamismo". (N.E.)

e soviético: dez da manhã e já não suporta o trabalho. É claro que nunca amou o trabalho, mas agora está farto de verdade (em seguida, entre parênteses, se pergunta quando começou esse "agora"). Tarde após tarde chega a seu apartamento solitário, e manhã após manhã o abandona em solidão. Os vizinhos? Um bando de discos riscados despojados de interesse. O comitê? Basta cumprir em silêncio, emendar algum "viva!", e todos ficam em paz.

Na realidade, ninguém se importa com ninguém.

4

Hora do almoço. O refeitório transborda de técnicos e burocratas, e a fila lembra a de uma estreia de cinema. A comida é tão barata quanto escassa, mas é melhor que nada, e todos agradecem. "O que estão dando hoje?", perguntam os que aguardam aos que saem. "O mesmo que ontem", respondem estes, com desânimo. Quando enfim chega sua vez, observa com preguiça a bandeja militar: o círculo da sopa, o quadrado do arroz, o retângulo da batata-doce, o copo em sua circunferência e o espaço dos talheres. Come em dez minutos e sai em busca de cigarros. As sombras escassas do meio-dia não chegam a mitigar o calor, muito menos a umidade dessa selva de estruturas decadentes e beleza secular. Ao longe, adivinha-se o mar, mas hoje sua brisa é pura ausência. Grunhe uma queixa ao céu e para na lojinha da esquina: não tem cigarro nem café, reza um cartaz escrito a mão.

Como um disco riscado, grunhe mais uma vez.

5

O dever e o querer. Digita com raiva seu dilema, até perfurar o papel com pontos e vírgulas. Quer ficar sozinho no escritório, na cidade, no país, e não ser perturbado jamais. A monotonia se expressa de mil maneiras e adquire diversos signos. O trabalho, o rádio, o noticiário, a comida, o ócio: vivo num disco riscado, pensa, e a cada dia ele se risca um pouco mais. A repetição adormece, e aquela sonolência também se repete; às vezes a agulha salta, ouve-se um estalo, altera-se o compasso e trava outra vez. Sempre trava outra vez.

Ele escuta passos firmes atrás da porta e sabe a quem pertencem. O relatório? Daqui a pouquinho eu entrego, responde. O supervisor lança sobre ele um olhar enviesado, veias em seu nariz, carrancudo, aquele progênito de meretriz. O supervisor lhe dá uma bronca sem desfazer o penteado (muito gel, muita colônia, muito talco no pescoço, pensa). Sente vontade de cagar, de cagar na mãe dele, de cagar na vida inteira dele, mas só se atreve a mover a cabeça de um lado para o outro, sem ritmo nem sentido, incapaz de compreender por que, afinal, está sendo censurado:

— Escute! — reclama o rugido do amo. — Você está me escutando?

6

Fim da jornada. Oito horas revisando documentos, assinando circulares, carimbando, redigindo relatórios, fazendo cópias, suportando o chefe e mais um pouco. Oito horas tão intermináveis quanto o verão ou a solidão. Oito horas de entrega a nada. Mas hoje é dia de pagamento, e isso parece dotar de sentido o niilismo cotidiano, a farsa da contribuição, o delírio do serviço.

Cheira o envelope de cartolina amarela com seu nome escrito a mão e conta as notas coloridas cujo valor, sabe bem, é tão relativo quanto a nossa realidade. Não quer voltar para casa e, em vez disso, pensa num sorvete; caminha sem pressa, vendo os discos riscados que passam com seu sorriso de fim de mês, inchados de orgulho salarial. Não há silêncio na cidade: todos falam ao mesmo tempo, mais que de costume, replicando o zumbido do zangão – e elas, o da abelha-rainha. Todas se acham rainhas aqui. Chega, enfim, à sorveteria, e a fila lhe anula a vontade. Passa reto (entrar no cinema? Esqueça). Pega para San Lázaro, se afunda numa rua e naufraga num bar de esquina, escuro e aromatizado com urinas masculinas: balcão comprido, mesas sujas, rum barato, nada mais. Ninguém sorri, ninguém cumprimenta. Cada um na sua.

Num canto, quatro caras jogam dominó, como todos os dias do ano e todos os anos do tempo. Nunca varia o desfile de peças brancas, pontos pretos, duplos noves, gritos e blasfêmias. Junto de cada jogador, o sempiterno copo de rum; no centro, o cinzeiro cheio de pontas. É esse, pensa, o disco riscado da cultura nacional. Em outro canto, uma mulher taciturna, vestida com roupas sintéticas e policromáticas, fala sozinha enquanto folheia o jornal de ontem. Quatro páginas, todas iguais, com o mesmo tom, a mesma lábia, a mesma trova, verbo e raiva.

A mulher resmunga algo.

Ele se senta ao balcão, pede um rum, acende um cigarro e divaga consigo: o universo é um disco riscado sem relatividade nem quântica nenhuma, cheio de ranhuras, onde transcorre a vida de poeira cósmica, gordura industrial e asfalto cotidiano, pensa. Dá um grande gole, faz um barulho com a garganta e inclina a cabeça, com asco e gratidão.

O rum é a esperança do povo, pensa.

7

A lua está cheia quando ele sai do bar. A luz dela se filtra escassa entre os prédios. Caminha evitando ruelas e becos. Na avenida tem show; ele se mistura entre as pessoas (o povo, a maré) ao ritmo de congas e trompetes chineses. Ele dança na solidão de um tumulto que o isola ao rodeá-lo e se pergunta em que consistem o pertencimento e a unidade: será a comunhão dos entes alheios mero alheamento do comum? Em todo caso, pensa, é o disco riscado dos encontros e desencontros fortuitos, anônimos e desinteressados (sem aleivosia nem vantagem: pura noturnidade) nesta avenida em que confluem a sensualidade, a igualdade e o ímpeto solidário. A única coisa que funciona aqui, pensa, é a festa, a orgia, o falocentrismo e a épica do coito (materialismo erótico). O resto: discurso para obnubilar as massas. O sexo é o princípio e o fim: a trepada histórica, pensa.

E ali, no meio da música, os corpos suados e os copos de cerveja, ele se lembra da ex-mulher, sempre doente de frigidez. Não durou muito o casamento: um disco riscado de discussões e reclamações cuja progressiva deterioração desembocou no *rigor mortis*. A assexualidade dela o arrastava para a impotência, enegrecia seu humor e empeçonhava seu já escasso otimismo. No começo pensou que era pudor, timidez, e que o tempo e a confiança acabariam com aqueles defeitos. Tratava-se, no entanto, de algo mais profundo. Longe de melhorar, a situação piorou. Passavam semanas sem mais intimidade que a existente numa refeição solitária, até que o sexo desapareceu da vida deles (e as carícias, os sorrisos e as palavras). Decidiu terminar depois de um sonho inquietante: farto dela, e aproveitando que dormia, ele a matava com golpes de facão na cama, salpicando as paredes do quarto. Acordou assustado, confirmou sua ejaculação e, na manhã seguinte, muito cedo, saiu de casa para nunca mais voltar – meses, talvez anos, mais tarde tramitaram o divórcio, quando os rancores já tinham se extinguido, e as reclamações, suavizado.

Dançando, chega ao Malecón,* adquire uma garrafa de rum adulterado, senta-se diante daquelas ondas de gente e compara o vaivém com o do muro, cheio de casais se apalpando, grupos querendo encrenca e solitários como eu, pensa: ver passar o tempo é o passatempo favorito do povo. Não perder o tempo, o que implicaria já uma posse. Os anos ficam, pensa: o tempo sempre passa...

Contempla de novo o mar e dá um gole direto no gargalo da garrafa. Às suas costas, a cidade suja e bela e rota; à frente, o abismo que insinua a derrota. Não é sequer um dilema, menos ainda uma contradição, mas a certeza de que esse abismo, esse isolamento, nos define e nos condiciona. Vencemos ao nos isolar, e nos isolando eles nos vencem, pensa. O muro é o mar, a cortina que nos protege e nos encerra. Não há fronteiras: essas águas são bastião e alambrado, trincheira e fosso, barricada e contenção. Resistimos no isolamento. Sobrevivemos na repetição.

*Em Havana, avenida larga, separada do mar por um muro, que se estende por oito quilômetros. (N.T.)

8

Pouco a pouco, o Malecón se esvazia. A madrugada se agrava, e ele pensa no regresso. Avança por uma avenida sem máquinas nem gente, leve com suas árvores e seus prédios que parecem nascer da sarjeta. Escuta atrás de si o retumbar do ônibus e corre até o ponto seguinte. Faltam duzentos metros quando o choro da viatura o detém. Os policiais descem, o observam de cima a baixo, reparam na garrafa e pedem seus documentos:

— Carteira de identidade!

— Companheiros — replica ele —, vou perder o ônibus.

— Isso depois — respondem. — Primeiro o documento.

Entrega a carteira de identidade junto com a do partido. Os guardas sorriem. Verificam as informações. Pedem desculpas pelo procedimento:

— Desculpe, companheiro. O senhor sabe: negro correndo na escuridão é sempre suspeito.

9

O álcool evapora, as luzes do ônibus pestanejam à distância, e sua negritude empalidece de raiva. Lembra-se do dia em que lhe deram a carteira (não a de identidade, a outra): o sorriso bobo com lampejos de orgulho, a sensação única de ser parte de um futuro novo, vigoroso, redentor. Mas o amanhã se constrói sobre o cimento do ontem e com a mão de obra do hoje. Entendeu, então, que a imagem do futuro não é nem pode ser o futuro em si.

Um concerto de impropérios o mantém em movimento até chegar ao prédio. Suspira diante do elevador encalhado no térreo (o disco riscado do que nunca funciona) e sobe com cansaço os sete andares. Em seu apartamento, a solidão o recebe com toda a sua nudez e o convida a deitar ao lado dela. Arrogante, ele se joga sozinho no sofá, põe um disco velho que se risca na metade, gaguejando a percussão errante. Desliga a vitrola e sai à sacada para fumar diante da escuridão que é o mar.

A madrugada se esvai, a polícia lhe arrebatou o sono e também algo que ele não chamaria de orgulho, muito menos de dignidade, mas que sem dúvida é importante. Lamenta que o façam saber (que me lembrem disso?, pergunta-se sorridente) que ele é um negro de merda. Na sacada, de cueca, torso nu, pensa que não há nem um tico de grandeza nisso tudo e faz um gesto que pretende abarcar a cidade, talvez o país inteiro. Sempre esteve absorvido na lenda, em todas as organizações, os discursos, as marchas, as delegações e os compromissos. Sempre em guarda.

Foi nos últimos anos da universidade que começou a mudar, ainda que não consiga distinguir o instante preciso nem a condição exata, dissipada já no tempo, em que isso aconteceu, tampouco em que consistiu concretamente essa mudança.

A agulha pulou, pensa.

10

O pai foi o que, em termos sociológicos, se poderia definir como camponês ignorante; a mãe, em compensação, era uma garota encantadora da cidade, educada para se casar bem e um pouco mais – inglês elementar, piano básico, cozinha internacional, o necessário para se dar bem na sociedade. Não é difícil entender que, na voragem revolucionária, esse tipo de união acontecesse: o país se transformava rapidamente, e certas barreiras caíam com estrépito, propiciando relações antes impossíveis ou impensáveis. O pai se uniu aos barbudos meses antes de sua entrada triunfal, e a mãe vendia títulos para financiar o M26* em seu carro zero-quilômetro. Conheceram-se – a rigor, tropeçaram um no outro – num dos comícios massivos em que a fúria e o fervor se fundiam, e encontros posteriores em diversos círculos e assembleias acabaram dando corpo àquela consciência de ser iguais, de sonhar com a mesma coisa, de fazer parte de um projeto que os incluía e os demandava igualmente. Depois, o pai trabalharia na reforma agrária, e a mãe na pequena indústria.

*Movimento 26 de Julho era o nome da organização político-militar fundada por Fidel Castro, em 1953, para lutar contra a ditadura de Fulgencio Batista. Em 31 de dezembro de 1958, o movimento tomou o poder. (N.T.)

Em casa, quase não havia livros - os doutrinários, mais por correção do que para ser lidos -, e para a música sempre bastou o rádio. Ele foi um aluno aplicado, ainda que não se destacasse. Faltava-lhe o interesse pelas letras, também não era bom para as ciências - a exceção era a matemática. Era, em compensação, aquele que se comportava melhor, e não negligenciava sua presença nas atividades patrióticas, por mais entediantes que fossem. Começou uma graduação técnica - alguma engenharia - quase desprovido de interesses culturais, esportivos ou profissionais: a pátria vem primeiro, repetia, convencido. Participou com afinco e sempre recebeu boa avaliação. Foi representante da sala, da escola, de diversas seções e federações, e há quem se lembre de tê-lo visto dedurar colegas pouco propensos ao compromisso político-ideológico. Era, então, um tremendo caxias: não brilhante, mas sim comprometido com a causa. Até que um dia começou a ler. Primeiro com timidez, quase com medo - como se fosse algo proibido -, e logo como um viciado: atirado no sofá, biscoitos numa das mãos e o livro na outra.

— Faça alguma coisa! — gritava o pai, afogado na incompreensão. A mãe, sempre a mãe, dizia ao marido que não ficasse assim, que talvez o rapaz se tornasse um intelectual.

— Intelectual?! — berrava o pai, convencido de que os artistas (e tudo aquilo) eram a desgraça do país. E tinha razão: décadas antes havia acompanhado com interesse as discussões com aqueles supostos intelectuais que mais pareciam agentes do inimigo — Diversionistas! — Aqueles que padecem do pecado original: falta de revolucionarismo. — Você não vai ser como eles! De jeito nenhum! (Atrás, a mãe fazia gestos de "não dê bola, filho, não dê nenhuma bola".)

Leu muito - sem perceber, sem ordem nem propósito - e continuou na faculdade porque havia descoberto um universo privado muito mais extenso que o circundante. Ao fim e ao cabo, esse universo acentuaria a estreiteza do cotidiano e o faria sonhar com amplitudes faltantes, também desconhecidas: foi então que começou com aquilo dos discos riscados.

11

A agulha trava num sulco e a avenida tropical aparece cheia de Urales, Volgas, Moskovich e Polskis. Dentro, o ar-condicionado e a loja de importados repleta de coisas bonitas. Fora, o pavimento que ferve, a brisa inexistente e a sede. Dentro, a cerveja gelada, toda a parafernália e a comida; fora, a fome e o silêncio. Dois mundos em um, duas dimensões, dois universos. Duas pátrias e duas mortes, pensa: a agulha emite um estalido, dá um salto e cai aqui, onde nada é permitido, mas tudo se resolve e se faz.

— Bloqueio? — pergunta a si mesmo ao admirar as estantes cheias de produtos estrangeiros a preços incompatíveis com a economia nacional, e se assombra, não com o que há, mas com tudo o que não há fora desse recinto consumista.

Porta uma ligeira ressaca e, com movimentos lentos, próximos à câimbra, estira o braço e pega uma Coca-Cola gelada: abre ali mesmo e, assobiando a "Marcha do povo combatente", se dedica a ela quase com deleite estético, até ideológico, e sorri como o moleque que faz uma travessura quando ninguém está vigiando.

12

Não vai sozinho ao mercado de importados, mas com a russa do nono, a que controla o contrabando no prédio. É ela a do passaporte, a que legalmente tem divisas e direito de comprar. Ao sair, se despedem com afeto (ele paga a ela uma comissão por lhe ter permitido a entrada). O pai não chegou a ver isso, pensa. Morreu faz anos, quando descobriram que faltava muita coisa à empresa agrícola que ele dirigia e o culparam:

— Malversação! — alguém disse durante o julgamento, e aquele homem puro, sempre tão puro, replicou indignado e furioso o argumento de sua inocência.

— Caralho, ninguém me chama de ladrão, cacete! — gritou, enrouquecido, vermelho, até que seu coração explodiu.

— Infarto fulminante — disse o médico.

Na noite do enterro, na bebedeira com os amigos, pensou que o pai havia morrido de ingenuidade (e disse, em tom de despedida, que ele era teimoso, mas honrado, bruto, mas idealista, mostrando um sorriso triste e ébrio, composto de dentes brancos). A mãe, depois de alguns meses de desolação - de vagar de casa para o trabalho e do trabalho para casa -, decidiu tramitar a cidadania espanhola (por via paterna) e foi para Madri. É ela quem faz com que lhe cheguem um dinheirinho e alguns livros de vez em quando.

Como não gosta de andar pela rua com sacolas de mercado, enfia tudo na mochila. Na verdade, não comprou grande coisa: um pouco de carne, arroz, ovos, azeite, pão, duas ou três cervejas, uma garrafa de rum, cigarros, pasta de dentes, desodorante, xampu. O elementar, já que com a cartilha do racionamento não se pode contar. Come pouco e seu gosto é limitado; além disso, almoça no trabalho. O que mais posso pedir neste mundo?, pergunta, com sarcasmo. Por fora, parece um cara comum: um pouco antiquado em suas roupas, de rosto ordinário e olhos que não dizem nada. Mais um disco riscado, murmura para si.

E por dentro?

Isso ele muito se pergunta. Teme descobrir que, na realidade, é um sofredor narcisista encantado com sua própria miséria existencial: como um maldito poeta maldito, pensa (observa as pessoas no ponto de ônibus, repara nos olhares ausentes, tão semelhantes ao seu, e se põe a andar pela avenida Quinta, cabisbaixo e sorridente).

Como mais um...

13

Em algum momento da juventude, quis mudar de carreira, largar a engenharia e trocar por filosofia e letras, ou história ou até ciências sociais, mas constantemente antepunha a seus planos os juízos e os valores do pai. Enquanto ele estava vivo, temia matá-lo de susto e, uma vez morto, decidiu respeitar os desejos dele: mas isso é culpa sua, não do pai. Por outro lado, nunca conseguiu escrever, sabe-se incapaz de alinhavar qualquer frase: considera-se tão somente um leitor razoável e inquieto, e não pretende mais que isso. Seu trabalho no ministério é tedioso, mas incentiva a leitura. Forra os livros com papel-jornal e, se alguém no escritório pergunta o que ele está lendo, invariavelmente responde: Agatha Christie (mesmo que se trate de Kundera).

A descoberta mais importante dos últimos anos foi a música. Antes não tinha música, ouvia o que os amigos ouviam (se estava com timbeiros, timba; com trovadores, trova; com jazzistas, jazz; com roqueiros, rock; e assim por diante, sem parar em nenhum ritmo em particular). Sem preferências. Não encontrava nenhum sentido nessa explosão de sons: às vezes dançava, mais por instinto socializador, ou no exercício do ritual de pareamento, que por prazer autônomo e verdadeiro. A música, em resumo, não lhe dizia nada.

Aconteceu depois que separou da mulher: decidiu ir ao teatro ver a orquestra sinfônica. Não havia curiosidade nessa decisão (talvez só um pouco), mas as outras opções lhe pareciam piores: o beisebol no estádio, uma comédia no cinema, a televisão com seus dois canais, não, obrigado. O programa incluía peças de Roldán e Brouwer. Pela primeira vez, foi capaz de sonhar enquanto a música soava. Aqueles sons – aqueles acordes retorcidos – o fizeram pular de alegria, em um gozo inexplicável, mais próximo da neurose que da calma espiritual. Durante semanas, viveu com aquela sensação no corpo; de repente, soube que tinha encontrado a música que lhe faltava. Com o tempo, montou uma coleção modesta, mas bem organizada: vanguardismos, serialismos, música do acaso, matematicismos, modernismos, minimalismos, e de vez em quando se pergunta o que fez para merecer isto – ter gostos tão alheios ao trópico e viver aqui...

14

Serve-se uma cerveja, liga a televisão num volume muito baixo – vozes de fundo, algo de companhia – e põe um Varèse em volume mais alto. Volta à cozinha e frita uma bisteca, que devora num pão com azeite e alho, sentado à mesinha. Sincroniza o fim do sanduíche com a última nota do disco. Pega um livro e tenta se concentrar, ao mesmo tempo que luta contra o calor. Precisa de companhia: desde a separação, decidiu que nunca mais colocaria mulher em casa, pelo menos não por mais de uma noite. Leva uma vida sexual saudável consigo mesmo e só faz sexo se necessário – se quer fumar um cigarro e conversar olhando o teto, não a cada vez que precisa ejacular. Assim é mais saudável, ele se convence. Sente particular atração por coroas por volta dos cinquenta, casadas ou recém-divorciadas. Não suporta as solteironas: são maternais demais, pensa.

Foi no final de sua crise matrimonial (aos vinte e cinco anos) que começou a gostar de mulheres mais velhas. A princípio por curiosidade – mórbida? –, depois por convicção. Tudo começou com uma vizinha, mulher de um militar que passava mais tempo na unidade do que em casa. Conheceram-se durante uma guarda do comitê e falaram e falaram durante horas sobre coisas muito íntimas, como o atraso na distribuição da carne ou a escassa variedade de frios no mercado. De algum jeito, acabaram envolvidos numa relação secreta num prédio cheio de fofoqueiros (era o de menos, em todo caso, aquele diz que diz que o assunto podia suscitar: o único perigo era o marido, um homem que, pensa, não vacilaria em lhe dar um tiro nos colhões).

Levanta com lentidão e sobe ao nono à procura da russa. Ela abre e logo se recosta, como se tivesse adivinhado sua chegada. A noite transcorre com lentidão - eles se conhecem, já aprenderam a se comprazer em espasmos prolongados e gaguejantes - e, no final, ele está bastante ofegante. Fuma estendido na escuridão, junto às costas nuas da mulher - nádegas poderosas que arrebentam lençóis e sonhos -, e pensa que as metáforas são desnecessárias nesse instante em que a fumaça se perde rumo ao teto, serpenteando entre o perfume do suor, do sexo e do tropicalismo.

Ela dorme, e ele se dedica a cheirar seu corpo (o sovaco peludo lhe queima as fossas nasais e atinge seus neurônios com impacto). Sem pressioná-la, faz com que ela se vire - as tetas apontam para o céu - e afunda o nariz em seu púbis, enchendo os pulmões com a acidez inconfundível daquele sexo exuberante e loiro, pleno de realismo socialista. Ela sorri em seu sonho - murmura alguma coisa em russo (volta às estepes) -, e ele se deita para fumar mais uma vez, deixando-se levar pelo disco riscado do prazer e do cansaço.

15

Irrompe uma chuva de cassetetes e botas que arruína sua tranquilidade. Tenta acordar, trêmulo, nu, de olhos implorantes, e se pergunta o que fez, o que disse, gritando a todo pulmão. O corpo arde, queima, e ele sente cada músculo atrofiado pelo medo. Lançado escada abaixo, desce tombando numa superfície pouco agradável ao tato. Os insultos o cercam, a raiva, a loucura. Mais chutes, muito mais. Agora chora. Não quer, mas também não consegue evitar. Os dentes. Doem-lhe os dentes. Abaixo, aos empurrões, o enfiam numa Mercedes nova que dá solavancos ao ritmo dos golpes.

Villa Marista. É arrastado até uma sala de interrogatório. Um médico, trêmulo, certifica que não há danos graves naquele indivíduo magro e acovardado que treme tanto quanto ele. Dois oficiais entram e, em tom ameaçador, exigem que ele conte tudo. Um lhe dá uma baita porrada na cara; o outro xinga sua mãe, o chama de veado e lhe dá um soco no esterno:

— Fala, porra! — rugem os dois de uma vez.

16

Trancam-no numa cela com dois sujeitos pouco recomendáveis. Ele se encolhe num canto, dá uma fungada e tenta se entender com a dor. Levanta a vista, e os detentos o observam sorridentes:

— Você falou? — pergunta um deles.

— Falei o quê?

Está à beira do desespero. Não entende por que está ali nem faz ideia de como sair. Tudo é medo neste instante. Um medo que corrói, humilha e dói mais que os golpes, os gritos, os insultos. Dá na mesma se há ou não testemunhas para seu pânico, sua paralisia: a testemunha sou eu, pensa, julgando-se com dureza agora, quando finalmente consegue respirar com certa calma. A cela fede. É estreita, cinza e com manchas que ele supõe serem sangue seco. Tem uma janela pequena, suficiente para oxigenar o ambiente, quase na altura do teto, inalcançável para um homem de estatura mediana.

Deita-se numa cama de concreto, frio e duro como o cemitério. Não consegue fechar os olhos. Tem medo de fazê-lo. Uma longa sequência de imagens distorcidas se projeta no teto, fazendo com que se lembre de *Laranja mecânica*. Três guardas fornidos, de estatura escassa, o tiram aos empurrões e o obrigam a caminhar por corredores intermináveis. Chegam a um quarto escuro, com uma única lâmpada, de pouca potência. Dentro, um oficial de alta patente (inconfundível) o espera: sentam-no numa cadeira e, antes que ele possa abrir a boca, um volume grosso de *O capital* o acerta no parietal esquerdo.

— Vai contando! — sussurra um dos milicos na penumbra.

— Contando o quê?

— Você sabe...

— Eu não sei de nada. Não entendo...

Os guardas o olham, um murmura alguma coisa sobre aquele rebeldezinho cagão e outro o atinge com o segundo volume, desta vez bem na cara e com a lombada. O nariz começa a sangrar (septo destruído). Dor insuportável, lágrimas que despontam entre as pálpebras fechadas, apertadas, e gemidos de verdade.

Então, acorda, encharcado de suor, ao lado da russa, que neste instante grunhe alguma coisa intraduzível.

Veste-se com pressa.

Foge para a realidade.

17

Oito da manhã. O calor e a umidade já são insuportáveis (a atmosfera supera todo instrumento de medição: algo indescritível flutua no ambiente). O ônibus avança em direção ao matadouro do cotidiano (gente pendurada nas portas e nas janelas, gente apalpada do lado de dentro, pesca abusiva matinal) e vai parar no cruzamento de duas avenidas presas no tempo. Já cansado, caminha para o trabalho com a certeza da inutilidade – o desânimo, a atrofia, o silêncio do dia a dia. O escritório o espera como na semana passada: não há surpresas nem mudanças nem novidades. Esgotada a épica, só restam o tédio, o absentismo e a preguiça (a consciência é volátil; sem retroalimentação, ela risca, a agulha pula e se torna incompreensível, inapreensível, inescrutável). Tudo carece de definição; a sujeira apaga as formas mais elementares (o roubo é uma prática legítima): a chantagem dá coesão, a decadência se disfarça de progresso e, ainda assim, o disco continua girando (a agulha trava, salta e retrocede). O desconcerto é a única certeza.

Ele sabe: hoje nada vai dar certo. Em dias como este, a vida parece um exercício literário vão, um poema experimental, um tratado sobre o inútil e o desnecessário, e ele caminha devagar, com a vista cravada no chão, com vontade de cair na sarjeta e morrer esmagado pelo costume. Acende um cigarro, solta a fumaça e olha para trás (para além do tempo). Pensa que, depois de tudo, a realidade é um lugar estranho, ao menos aqui. Decidido, dá meia-volta, caminha na direção oposta. Entra num carro com cheiro de óleo diesel que serve de lotação, apertado entre seis desconhecidos.

Através do para-brisa, vê o mundo riscado que passa, como um disco em que tudo acontece (a cidade, branca de tanta luz, as pessoas em escadas, portões e sacadas olhando o vazio; filas e imperfeições). O motorista não para de se queixar: a gasolina, os pneus, as peças repostas (gramática da locomoção, verbo em movimento perpétuo). O capitólio: fotógrafos ambulantes, turistas, adolescentes fugitivos, garotas na última moda, policiais observadores, adultos entregues à inequívoca dialética do vagar...

Ele caminha, ouve as conversas:

— Essa merda de sindicato — alguém grita.

— Aqui tudo se compra e se vende, menino.

— Desgraçado! — responde outro.

— Tua mãe, filho da puta! — Princípio de confusão. — Você que é um baita de um veado, só para ficar sabendo!

— Sai fora, chispa daqui. — A multidão se agita (a moral está em baixa): ética da punhalada e da porrada no peito.

— Se manda, que está esquentando.

Os gambés, o camburão. Ele chega à fila e pergunta quem é o último. Gente por todo lado - discos riscados que ninguém escuta (estatística para o discurso ou a contabilidade). No entanto, não são eles os que sobram: o que sobra sou eu.

18

Santa Maria, areia fervendo, discos riscados de maiô ou bermuda. Ele observa um grupo de jovens que olham o mar numa mistura de fatalismo e ansiedade (a distância parece tão distante vista daqui). A esquizofrenia é normal nesse disco riscado – lado A, lado B –, mistura que não leva a lugar nenhum, fenomenologia bipolar. Caminha descalço com a calça dobrada na altura dos tornozelos (os ombros curvos, o olhar baixo). Não há uma só sombra na praia inteira (o cheiro de salitre seduz como poucos), e ele bamboleia o esqueleto e vai se sentar numa das pontas, longe do tumulto.

Fuma de frente para o mar, pensa que nada o prende aqui – e ali, sentado na areia, se pergunta por quê, para quê. Sua vida transcorre com uma lentidão de pasmar (à Tarkóvski), e todos os seus velhos sonhos foram se diluindo com a competição implacável da realidade. Se pelo menos fosse feliz no trabalho, mas nem isso: burocrata menor, suportando chefes infinitamente mais medíocres, pensa. Também não se trata de questão material: suas necessidades são mínimas, viveria mais ou menos igual em qualquer parte do globo. Trata-se de um choque entre a realidade e ele: a inércia que o impede de sair da estagnação; o falso dilema que o amarra ao nada.

O calor é criminoso - derrete neurônios, incita a violência, decuplica a fecundidade. Não há cerveja no raio de um quilômetro (nem água nem malta nem nada que ele possa comprar em moeda nacional). Nada me pertence, pensa: e eu, pertenço a algo? (O disco riscado ressoa com insistência.) De repente, aparece um grupo de jovens carregando um estranho objeto a meio caminho entre o *ready-made* e um armário quebrado (seis ou sete o carregam). Jogam o artefato na água e sobem em cima. O espetáculo atrai uma horda de curiosos:

— Estão indo?

— A gente vai se mandar daqui.

— Direto pra gringa.

— Boa viagem, cavalheiros.

— Camaradas, me levem junto, não sejam cuzões.

O trambolho flutua por milagre. Com um grito de eureca, lançam-se ao mar, remando com cabos de vassoura. Tudo é rústico (a balsa, os remos, a tripulação, o país). Os curiosos fazem um tremendo burburinho (uns sorriem, outros parecem preocupados), e ele também se aproxima, com preocupação e inveja. Surpreende-se por não haver acusações - vermes, traidores! - nem outras lindezas semelhantes. Pelo contrário, as pessoas parecem fazer parte da odisseia (o entusiasmo é contagioso). As ondas balançam a embarcação acariciando o que deveria ser a quilha, e seis ou sete rostos riem como crianças com um brinquedo novo. Não vão chegar, pensa, vendo o barco que se distancia e desaparece atrás das ondas.

19

Durante uma hora, os curiosos se mantêm no mesmo lugar, conversando, contando o que viram a quem se aproxima (moscas, pensa, rondando o disco riscado da merda). Tinha escolhido esse canto por ser um lugar tranquilo e, de repente, viu-se invadido pela realidade. Sempre existiram loucos que se lançam ao mar em barcos inconcebíveis; o inconcebível agora é que isso aconteça em plena luz do dia. Ele se pergunta se esteve subsumido demais em seus pensamentos a ponto de não ver o que acontece ao redor ou se as coisas acontecem rápido demais e ele, tomado por sua baboseira metafísica, não consegue reter os acontecimentos. É como se sua memória também tivesse se subordinado ao grande disco riscado que rege a vida: memória seletiva, memória entorpecida, memória límpida, correta e destilada de impurezas.

Faz o caminho de volta. Entra no apartamento, tira a camisa (põe uma fita de Mussorgsky) e liga para o escritório, inventando uma desculpa. O administrador o tranquiliza:

— Não tem problema, rapaz. Mas não deixe de ir ao médico. — Como ele nunca faltou ao trabalho (apesar de detestá-lo), sua ausência é causa de preocupação. — Tem certeza de que não está doente?

— Não, companheiro, é só... um ligeiro mal-estar.

Desliga: rum, cigarro, sofá. Pega um livro ao acaso, abre em qualquer página, qualquer parágrafo, e lê a partir dali, sem prestar atenção.

O disco riscado da vida cotidiana se sobrepõe à história e, claro, a qualquer alucinação em relação ao futuro (o único que importa na verdade é o hoje, o resto é punheta mental). Fecha-se no banheiro pensando na russa (aproveita que há água e toma uma ducha sem pressa). Ejacula contra as paredes (seus joelhos amolecem). Seca o corpo com uma toalha velha, gasta, e em seguida defeca. É um homem novo.

20

Acorda com um raio de sol que lhe tortura o olho esquerdo, o zumbido do ventilador instalado em ambos os tímpanos e a viscosidade do verão encharcando os lençóis e o travesseiro. Sem pensar, liga para um médico amigo e lhe pede um atestado (combinam de se encontrar num parque da infância). Pega a câmera, alguns filmes velhos e sai. Caminha pelo Malecón até a ponta (cruza pelo túnel da Quinta) e se senta para esperar. Esperar o quê? Que o disco riscado do inevitável entre em ação.

Uma hora mais tarde, um grupo de adolescentes se aproxima com tábuas, cordas e barris vazios. Em pouco menos de quarenta minutos, montam um artefato flutuante de pequenas dimensões (com um tubo inventam um mastro, e vários lençóis servem de vela). Alguns galões de água e latas de biscoito servirão de sustento à tripulação. Os meninos preparam o barco – ele fotografa o processo –, até que um deles (que não tinha mais que dezessete anos) se aproxima e, com todo o descaramento, interroga:

— Cara, você é policial ou o quê?

— Não, não, não, que policial que nada, esquece isso, vai lá.

— É que estou vendo você tirando fotos, camarada.

— Sou só uma testemunha do meu tempo...

O adolescente olha para ele como se olhasse um poeta incompreendido.

— Você está me parecendo é um baita intrometido, se quer saber — diz e dá meia-volta, deixando-o ali de pé, câmera na mão, sem tempo para mandá-lo para a puta que o pariu.

21

Ele acaba o primeiro filme quando o artefato flutuante já se distancia, com seu carregamento de homens fartos de tudo, sem nada que os detenha. Enquanto o barco avança para o estreito, ele retoma o caminho de casa (arrastando os pés), questionando em que momento o sonho de futuro ficou ancorado no passado: tudo aquilo que se supunha que tínhamos deixado para trás – pensa – volta mais uma vez (todos os vícios do *ancien régime*, mas *today*), como um parafuso que roda em falso ou um disco riscado, dando voltas no mesmo lugar.

Tudo é violência, pensa: os ânimos estão sempre exaltados, e qualquer desculpa, por menor que seja, basta para desatar o crime. A fome alimenta, o desespero é a única esperança, pensa. Chega ao parque (diante de um teatro), onde encontra seu velho amigo. Sentados na borda da fonte sem água, o médico lhe entrega o papel que o oficializa como doente, liberando-o do trabalho por alguns dias. Ambos fumam – vendo os meninos passarem – e rememoram o tempo em que também eram meninos e brincavam de ser agentes de segurança.

—Vou embora — anuncia o médico. — Isto aqui não dá mais.

— Eu sei — responde ele. — Eu sei.

Despedem-se com um abraço, sabendo que será o último, o até logo final. Chega em casa e se joga no sofá, sem vontade de pensar. Sente-se velho, fraco, sujo, perdido - o que mudou desde ontem? Volta a se perguntar se não passa de um esteta atormentado, e não sabe o que responder. Por um lado, como qualquer outro neste disco riscado, vive imerso na épica da dignidade pobre, mas digna, do sacrifício como *modus vivendi* e da resistência como superação. Por outro - tortura-se -, não entende por que a pobreza é uma obra de arte ou o degrau máximo da evolução social.

22

O entardecer é lento, um caloroso microinferno no meio do verão: uma modorra tão grande quanto o mar se apodera da vida. Ele se afunda na sonolência, deixando-se levar por imagens repletas de tubarões e cadáveres; sonha que aposta no oito (morto) e no dez (peixe grande), ganhando uma viagem ao outro mundo. Acorda encharcado de suor. São nove horas, ele sabe pelos milhares de televisores que sintonizam a novela em volume máximo à sua volta (a cidade se paralisa a essa hora, vidrada em amores e dramas alheios). Ele se arrasta até o banheiro para se molhar um pouco, como remédio ineficaz contra o calor. Depois, prepara uma comida leve, fresca, e dedica a noite a um filme de ficção científica. Dorme no sofá, com a televisão ligada, a porta da sacada aberta e a escassa brisa de verão adoçando seu longo sono.

23

Acorda às seis e meia. Faz um café forte sem açúcar e toma na sacada, olhando o mar. Desce à padaria, onde há um burburinho de pessoas de pé à espera de sua ração diária. Volta ao apartamento uma hora depois, sabendo que é um privilegiado, que não depende, como outros, só do salário e da cartilha. Os dólares que a mãe lhe envia são suficientes para que ele adquira alguns luxos – manteiga, iogurte, leite – e permitem que ele coma de um jeito impensável para muitos de seus vizinhos.

Devora o café da manhã e fuma o primeiro cigarro do dia com o rádio-relógio soando ao fundo. Lê um romance russo. Está de excelente humor, dormiu bem (apesar do estado desastroso do sofá) e tem vários dias livres que poderá somar às férias. As notícias não dizem nada de novo (nada que não tenha ouvido ontem, na semana passada ou no mês anterior), e pouco a pouco ele deixa de prestar atenção na monotonia dos locutores. O romance, em compensação, o captura a cada página, e ele mergulha na tragédia anunciada de um personagem anônimo e cotidiano – tão distante, tão alheio, que acaba por senti-lo próximo.

Por volta do meio-dia, prepara um almoço frugal e, sem parar de ler, devora a comida em poucos minutos. Está lavando o prato e a frigideira quando escuta vozes no corredor - primeiro, não dá bola, pensando que se trata de um assunto privado, mas logo, pouco a pouco, compreende que é algo menos habitual. Somam-se novas vozes, perguntas e afirmações concretas são lançadas no ar (escuta a expressão "muitos mortos", e já não lhe restam dúvidas).

— O que aconteceu? — pergunta, ao se aproximar do corredor, onde um grupo de cinco ou seis pessoas discute sem parar.

— Meu sobrinho — começa a contar uma octogenária —, que trabalha no porto, me ligou agora há pouco. Disse que uns indivíduos roubaram um barco.

— Um barco? — pergunta, com assombro.

— Sim, sim, um barco desses que há no porto.

— Um rebocador — especifica alguém. — Sequestraram o barco para fugir do país e parece que ele afundou assim que saiu do porto.

— Eles afundaram o barco! — exclama um vizinho, conhecido por ter opiniões extravagantes.

— Como afundariam o barco? O barco afundou! — replica um companheiro, olhando nos olhos do extravagante (uma sonora gargalhada se deixa ouvir por ali).

— Quando foi isso?

— Ontem à noite, de madrugada.

— Eu ouvi rádio a manhã inteira e não disseram nada.

— Mas como diriam, se eles é que afundaram?! — insiste o extravagante (o companheiro o olha de soslaio).

— E houve mortes? — pergunta ele.

— Parece que morreram muitos, mas meu sobrinho não sabe dizer quantos. Vai ligar de novo quando souber mais alguma coisa.

— Isso deve ser obra do inimigo! — grita o companheiro inflamado de patriotismo.

— Claro! Se o inimigo está em casa...

A discussão se interrompe quando outro vizinho aparece uniformizado dos pés à cabeça (rosto sério, revólver na cintura) e passa junto ao grupo caminhando depressa.

— Então, é verdade? — perguntam eles.

— Eu só sei o que me disseram por telefone: que aconteceu uma coisa muito grave e que eu devo me apresentar na unidade o mais rápido possível. — Faz uma pausa. — Mas não estou gostando dessa história — diz, antes de ser engolido pelas escadas.

Ele volta ao apartamento pelo tempo necessário para calçar os sapatos, trocar o filme da câmera e sair à rua, onde o sol lhe parece mais cortante do que de costume. Caminha em direção à baía, observando com atenção - fingindo distração - as rodas que se formam nas esquinas, nas filas e no Malecón. Aparentemente, o disco riscado da vida cotidiana continua intacto, repetindo-se como todos os dias; mas, no fundo, nas profundezas, algo se move, se desloca, se fratura.

Chega à região mais antiga da cidade e entra no porto. Há muitos guardas (ornamento público): não consegue se aproximar. Um policial impede sua passagem e, com majestosa amabilidade, o convida a cair fora dali, companheiro. Ele tira algumas fotos. Um pequeno grupo gesticula apontando o morro da fortaleza e, em seguida, o mar aberto. Ele se aproxima, e um dos sujeitos afirma:

— É, compadre, à noite eu estava aqui mesmo dando uns amassos na minha mina e vi tudo, amigo.

24

Para diante da porta da octogenária, ainda em dúvida. Antes que toque a campainha, ela abre, sempre atenta a qualquer movimento no corredor (nas fofocas da vizinhança, sem dúvida com injustiça, ela é chamada de fofoqueira).

— É... Queria saber se tem notícias do seu sobrinho... Sabe, a história do porto.

A octogenária olha para os dois lados, como num filme ruim de personagens clandestinos, e murmura em tom conspiratório:

— É melhor conversar aqui dentro.

A casa é um museu de objetos inúteis: matrioskas, imagens de santos e enfeites chineses de parco valor estético, pensa. Senta-se num sofá vermelho forrado com náilon transparente e cheio de almofadas e bonecas de plástico. A cozinha é dos anos 1950: a geladeira e as estantes, tudo de fórmica e esmalte, curvas nas pontas e proporções alarmantes no contexto daquele pequeno espaço. A octogenária serve uma infusão em xícaras que parecem de porcelana (ou são?) e dispara em seu tagarelar:

— Meu sobrinho diz que não houve nenhum acidente. — Ela forma um arco com uma das sobrancelhas. — Que houve ordens superiores para impedir como quer que fosse que eles levassem aquele barco. — Ele finge surpresa. — Que primeiro lançaram sobre eles um jato forte de água para varrer a cobertura, como os bombeiros, depois começaram a investir contra a embarcação, até que ela afundou.

— Afundou? — perguntou ele.

— É, bom, os rapazes tinham ordens de parar o barco, não de afundá-lo. — A octogenária, com um gesto muito provocativo, pisca um olho para ele enquanto o fita com o outro. — Eram uns setenta, e pelo menos trinta se afogaram.

De volta ao apartamento, ele sintoniza o rádio-relógio para conferir se dizem alguma coisa. Sabe que é sempre assim; ante a ausência de informação, só restam a especulação e a boataria. As notícias correm de boca em boca e se distorcem no caminho (como um maldito disco riscado), até que se convertem em lendas urbanas de veracidade mais que duvidosa. Propagam-se como um vírus nesse organismo indefeso, tornando impossível a distinção entre realidade e fantasia, metanarrativa e ficção. Faltam fontes verificáveis, pensa: assim como as notícias, tão improváveis quanto incertas (no próximo ano a produção aumentará um nãoseiquanto por cento; o contrato comercial com a China elevará nossa capacidade de consumo em umtantoamais por cento, é o que rezam as manchetes no rádio). Sem vontade, ele come arroz e ovo frito, sem deixar de se perguntar o que vai acontecer agora. Fica alguns minutos em branco, com o olhar absorto na parede. A pergunta volta, obsessiva, e a parede não responde.

25

Sobe para ver a russa. Sabe que ela intercepta todos os dias uma rádio estrangeira. Encontra a russa ali, ao lado do aparelho. O disco riscado da denúncia ultramarina ressoa na sala do pequeno apartamento, quadrado e soviético como o prédio. A russa morde o próprio lábio, preocupada. A natureza política tem agido sobre ela desde a infância. Pequena, recebia cartas dos pais, hóspedes siberianos, e em algum momento da vida ela mesma foi acusada do crime capital: fazer negócios.

Foi enviada a esta ilha inóspita, última oportunidade para ir ao céu dos justos. Veio para se redimir e acabou fazendo negócios, pensa. Ele a observa sorrateiramente (sua beleza dura, rígida, e aquele sorriso cálido). Pensa que passou a gostar dela e se assombra: chega à conclusão de que é a única coisa íntima em sua vida. Ela pergunta:

— Você também vai embora, não é?

Eles se olham por alguns minutos, talvez anos, e ele não responde. Conversam em silêncio, acompanhados pelos ruídos apagados da cidade e por um bolero lamentável que o rádio cospe sem vontade.

26

Liga para um colega da faculdade cujo interesse pela mecânica das câmeras fez com que se apaixonasse pela fotografia. Vai visitá-lo logo depois da novela, levando uma garrafa de rum, cigarros e dois filmes ainda não revelados.

A cozinha se transforma num pequeno quarto escuro. Em cima da mesinha, há um ampliador tcheco, bandejas com revelador, fixador e água, e eles passam uma hora revelando e imprimindo algumas cópias.

— A coisa está ficando feia — diz o amigo, em tom de filme dramático. — Isto aqui é um naufrágio, e os ratos estão abandonando o barco. Ouça bem: a revolução fracassou — diz, não isento de grandiloquência e provocação.

Um *enfant terrible*, ele pensa. Antes era um gordo imenso, pavarottiano, com um ânimo do tamanho do universo. Agora é magro, anódino, sem carisma. A anemia o despojou de sua identidade. Junto com a barriga, desapareceu o otimismo, como se essa fosse a medida exata da esperança e da felicidade.

— Não só fracassou — continua ele — como insiste em nos arrastar em seu naufrágio. E que diabo podemos fazer? Você percebe que sempre fomos parte disso? O que vamos fazer agora? — grita o ex-gordo, já na terceira ou na quarta dose de rum.

Ele acende um cigarro e se limita a esboçar um sorriso de palhaço velho e mal pago, começando a parafrasear:

— Primeiro se afunda esta ilha no mar...

— Esse é o problema — intervém o ex-gordo. — A ilha se afunda, e não podemos culpar os outros. Nós mesmos nos alvejamos. Ouça bem: nós mesmos.

— Com certeza — intervém ele, como se a coisa não tivesse importância. — Está sabendo de alguma coisa sobre o rebocador que afundaram?

— Que rebocador? — indaga o ex-gordo. — Rapaz, você não aprendeu que as coisas só acontecem se o noticiário diz que aconteceram? Você ouviu alguma versão oficial? — Diante do gesto negativo, o ex-gordo continua: — Se não disseram nada, é porque não aconteceu nada. E isso não se discute, companheiro.

Tomam rum durante horas. O álcool convoca a inevitável nostalgia, o disco riscado do passado remoto...

— E das minhas fotos — pergunta ele —, o que você achou?

— Rapaz — responde o ex-gordo —, vindas de um principiante, não são ruins. Que câmera você usa?

— Uma Kiev.

O ex-gordo olha para ele com escárnio.

— Meu caro, isso não é uma câmera, mas um artefato inútil para a prática fotográfica contemporânea.

— Quê?

— Que você jogue essa merda no lixo, rapaz, pois ela não serve para nada. — O ex-gordo se aproxima de um armário cheio de peças de câmeras e volta com uma Pentax preta (velha, sólida), duas lentes (uma trinta e cinco e uma duzentos) e um flash. — Este é um equipamento básico, mas decente. É um empréstimo. A única coisa que peço é que você faça boas fotos. Isto aqui não vai durar muito. Estamos fazendo história, companheiro.

Despedem-se, e ele empreende o retorno para casa. Percorre a noite aos solavancos, batendo contra os muros e as dúvidas. Não estamos fazendo história, pensa: estamos nos deixando levar por ela. Como as correntes do mar, nos distanciamos da costa. Jejuamos à deriva: a história nos arrasta. Depois de décadas de domesticação, agora se rebela. Como somos incapazes de transformá-la, ela nos passa a conta.

Um dia ele se manda...

27

Alguém bate na porta, com rancor. A ressaca o mantém petrificado. Dormiu de roupa, até de sapato, e agora, com equilíbrio mais que discutível, ele se levanta. O sorriso da octogenária se transfigura quando ela o vê, ainda que a educação a impeça de expelir um comentário vulgar ou inapropriado.

Ela mostra o jornal.

— Está vendo? Eu falei que tinha acontecido um acidente — diz, apontando um parágrafo. — "Irresponsável ato de pirataria... infeliz acidente."

— Bom — murmura ele —, acho que estamos com a consciência tranquila.

A octogenária sorri:

— A consciência talvez; todo o resto é inquietude. — E vai embora, fechando a porta, com delicadeza.

O administrador ao telefone:

— Escute... já sei que está doente, mas é preciso que você se apresente nesta tarde. Vai haver um comício-relâmpago. Suponho que tenha lido o jornal de hoje.

— Li, sim, companheiro, uma vizinha me trouxe. A verdade é que, desde que ouvi os rumores, me mantive a par das notícias.

— Muito bem. — Quase imagina o administrador lhe dar um tapinha condescendente no ombro. — Como você compreenderá, não podemos permitir que uns vendedores da pátria viciados e criminosos se saiam bem nessa história. Temos que fazer algo. E algo enérgico...

— Com certeza, companheiro. A pátria em primeiro lugar. — Desliga.

28

A pátria como alheamento, que exige a morte dos que a compõem, pensa. Instituição cercada de inimigos, sempre paranoica, nos convoca. Nós lhe devemos tudo. Nossa primeira obrigação é com ela. Sem ela, não somos nada, pensa.

Serve-se um café e uma aspirina, depois uma tortilha. No rádio, falam do ocorrido, e ele intui que esse tipo de acontecimento gera outros similares. Foi assim no êxodo do Mariel*, pensa (o fogo se estendeu pelo país como se em um canavial seco). São três e meia quando sai para o escritório, cortando o ambiente rarefeito da cidade. Os ônibus e os carros avançam por inércia, as pessoas adormecem, os prédios derretem dalinianamente. Surrealismo tropical.

---

* Porto de onde partiram clandestinamente mais de 125 mil cubanos, entre 15 de abril e 31 de outubro de 1980, depois do incidente diplomático que se deu quando alguns civis cubanos pediram asilo político na embaixada do Peru em Havana. (N.T.)

29

O comício é presidido por um sujeito magro e até que jovem (bigode bem cortado, pulôver do M26, jeans nacional), que explica com voz de agitador por que é preciso estar alerta e prevenir (enfatiza o verbo) qualquer acontecimento fora das normas estabelecidas.

— Prevenir? — pergunta alguém, com ferocidade.

— Com uso da força, se necessário! — berra o orador, à beira da histeria ou do êxtase. — Sim, companheiros! Com uso da força, se necessário!

Nesse instante, sem saber por que, ele levanta a mão, fica de pé e afirma com voz pausada:

— Eu não vou reprimir ninguém.

Faz-se um silêncio aziago. Dezenas de rostos se voltam para ele (a cena transcorre em câmera lenta, com pouca profundidade de campo), boquiabertos.

— O que você falou?! — pergunta o orador, entre a surpresa e a indignação, pouco habituado a que lhe digam "não".

— Disse que não vou reprimir ninguém — responde ele, com firmeza. Sem acrescentar nada, tira do bolso a carteira do partido, aproxima-se e a deixa cair em cima da mesa, sem heroísmo, como se fosse o gesto mais natural, o óbvio, o único possível nas atuais circunstâncias. — Não vou reprimir ninguém.

Dá meia-volta e vai embora.

30

Está cansado. Seu mundo desaba: recebe intimações, é investigado, vasculham sua existência. Perdeu o trabalho, claro; restam-lhe as escassas economias e o dinheiro que a mãe envia. Com a mancha no currículo, já não tem nada para fazer: sabe que está fodido. Na sacada, de cueca, acompanha os acontecimentos como se não fossem com ele – observa, calcula. Veste uma roupa leve e sai para o Malecón. Leva a câmera pendurada no ombro.

Tudo começa de repente. Fotografa um grupo reunido numa esquina. Logo se aproximam outros, depois outros e, num instante, como se fosse uma peça de teatro – uma performance, um *happening* –, todos começam a gritar "Fora! Morra!" (parece o fim do mundo, ou pelo menos sua anunciação). E daí em diante. Pela primeira vez na vida, assiste ao belo espetáculo da manifestação espontânea, não ao disco riscado do evento programado. Ser testemunha de uma verdadeira, ainda que mínima, revolta faz com que ele recupere por um segundo o otimismo.

As vitrines caem sob o peso das pedras, e as varas se fazem presentes. Uma turba das brigadas nãoseioquê aparece numa esquina para esmagar os revoltosos. A batalha é campal (medieval): uma horda contra outra, tubos e pedras como armas – gritos de guerra, crânios abertos, olhos perdidos, vidas... O impensável se torna realidade, ainda que apenas por um instante. Horas mais tarde, aparece o governante em um jipe, cercado pelos seus. As ruas se enchem de fiéis antes ocultos. Ressoam os vivas! O fogo se extingue...

31

Durante semanas, vagueia com sua câmera pela costa da cidade, fotografando o mundo que escapa - os rostos sorriem ante a aventura da fuga, a provocação adolescente de quem foge de casa. Assiste com assombro ao espetáculo incomum dos policiais que observam sem intervir (não há golpes nem detenções, só vigilância distante). No Malecón, formam-se grupos para incentivar os que partem (aplausos, votos de boa sorte, gritos de apoio): festa coletiva, despedida em massa, missa alegre. Liturgia. Jamais pensou que o disco riscado da vida cotidiana pudesse soar daquele jeito, que a cidade se transformaria a esse ponto. Não é que a cidade se desintegre, é que neste mesmo instante não há corpo social (somos depredadores, pensa, tentando devorar o próximo). A fome nos irmana, sim, mas também nos converte em presas do mais forte - e sempre, pensa, tem alguém mais forte que nós.

Todos os dias, ouvem-se notícias (ou fofocas, como ter certeza?) dos que chegam e dos que não. Famílias inteiras desaparecem no mar - estatística, tema de conversa. Semanas e semanas vendo como a cidade se esvazia; não há dia em que não saiba de algum amigo ou conhecido que partiu (o médico, o ex-gordo, sua ex-mulher, tantos outros): a novela das nove é substituída pela narrativa do dia a dia. O disco riscado da política se repete uma e outra vez. Peões sacrificáveis, o tabuleiro é estreito: somos dispensáveis, restos lançados ao mar, pensa.

32

Um barulho – um estalo –, e o ciclo se reinicia. Insone: a hora se aproxima. A tormenta golpeia o litoral, as ondas se erguem contra o muro, o vento soa como um fagote quebrado, e a escuridão natural coincide com o apagão programado. Instala-se na cozinha com meia garrafa, à luz de uma vela (uma mancha negra atravessa o bairro, fundindo-se com o mar). As horas não passam – o tempo se estanca. As vozes dos cidadãos não se ouvem. Pega a mochila (cheia de negativos e filmes não revelados), veste um casaco impermeável e cobre a câmera com uma sacola de plástico. Sai. Encontra os demais enquanto preparam o barco, acertam os últimos detalhes. Trata-se de um trambolho de madeira de uns cinco metros por dois, com barris de petróleo como flutuadores, e como propulsor o motor de uma máquina de lavar russa: só nós somos capazes de chamar de barco esta merda, pensa. Carregam as provisões (água, pão duro, compotas roubadas de nãoseionde), os aparelhos (bússola, binóculo de brinquedo, um sinalizador que ninguém sabe se funciona, anzol e linha) e falam sem parar. Ele registra o processo sob uma chuva impiedosa, impertinente. Vive aquilo como se fosse uma fotorreportagem (a dele: a que o fará famoso quando chegar, sua despedida do anonimato e da mediocridade, sua verdadeira profissão, pensa). Tudo está pronto. Eles se lançam. O mar parece infinito...

33

Amanhece enquanto o barco avança aos solavancos sobre as ondas (sob a chuva, atingido pelo vento, sujeito aos vaivéns do acaso). Pela primeira vez na vida, ele vê a cidade a partir do mar e pensa que parece uma puta velha e decadente que ainda não perdeu toda a beleza. Pensa também que vai sentir falta dela.

Por volta das dez, encontram a guarda costeira. A lancha se aproxima e alguém lhes pergunta se estão levando o necessário (a dezena de fotógrafos, câmeras e jornalistas que acompanham a guarda insiste em entrevistá-los aos gritos). Ele, por sua vez, fotografa os uniformizados. Dizem que eles serão atingidos pelo ciclone no meio do estreito, que é melhor voltar e tentar daqui a alguns dias.

— Nem a pau! Vamos!

Ele, enjoado, concorda com os guardas. Sabe, porém, que não há volta: os dados foram lançados.

Às quatro, o mar parece uma cordilheira de montanhas negras e cumes nevados; o céu é um negativo de si mesmo, o sol já não existe, e todos começam a intuir que, de fato, chegou o ciclone. As ondas desprenderam um dos barris que garantiam a flutuação, e o barco, coxo, faz o que pode para continuar seu rumo. Culpam-se uns aos outros, o desastre se avizinha – um chora, outro reza, alguém ri um riso histérico, e assim sucessivamente, percorrendo as fases da compreensão do fracasso. Ele, num canto, fotografa a cena com punho sereno. Quer fumar, mas a esta altura os cigarros se converteram numa pasta malemolente, carente de identidade. A câmera está encharcada; intui que essas fotos nunca poderão ser reveladas.

Sobem uma onda quilométrica: do alto, veem a boca do abismo. Durante segundos eternos, contemplam os dentes do mar (a garganta de Netuno, o focinho do fim) e iniciam a descida conscientes de que tudo acaba. Outra onda os atinge de lado: o barco cambaleia, desmorona.

Ao chegar ao redemoinho, afundam, girando como um disco riscado.

A trinta e três revoluções por minuto.

CINCO CONTOS

O espiral de Guacarnaco

Guacarnaco Cool sai toda noite num rolê pelo bairro. Caminha bamboleando seu corpo fraco, castanholando os dedos com ritmo, o ombro esquerdo mais caído que o direito, inclinado como certa torre para ele desconhecida. A mão esquerda pende com os dedos estendidos, e o outro braço marca um balanço cadenciado. Ao caminhar, arrasta ligeiramente uma de suas longuíssimas pernas, fazendo isso com o torso um tanto jogado para a frente, o olhar no chão e o cigarro entre os lábios. Aparenta desânimo a cada passo, mas seus olhos incansáveis sondam os cantos da noite.

Numa esquina, vê Yunisleide – "como curto essa mina, cara!" –, uma mulher de treze aninhos que conhece de cor todos os homens do bairro e mantém todas as namoradas e as esposas a um passo do homicídio. Também está ali o Mongo, freak calado e louco mais inofensivo que um pão – sempre em seu planeta de heavy metal e comprimidos cor-de-rosa. E também o Diabo, negão quadrado, duro feito concreto e com um sério desajuste cerebral (dizem que lhe faltam engrenagens, porcas, parafusos e até arandelas), enfim, um touro de vinte e dois abris sempre pronto para o combate. Todos no bairro se lembram do dia em que o Diabo saiu do xadrez – cumpriu dois anos de pena por perturbação da ordem pública, agressão e resistência à prisão (contam que ele derrubou sete guardas antes que conseguissem pegá-lo) - e, ao abrir a porta do quarto, no conjunto habitacional, e ver a barriga imensa que sua mina portava, perguntou secamente quem tinha sido e, quando ela terminou de pronunciar o nome da futura vítima, ele já tinha quebrado quatro dentes dela e afundado sua mandíbula: "Pra você aprender que neste preto ninguém põe chifre, sua fodida". Deu-lhe um chute tão forte no ventre que o feto, em forma de hemorragia, fugiu da matriz. Em seguida, foi procurar o pobre imbecil que teve a ideia de trepar justamente com a mulher do fodão da comunidade ("Caipira que morreu na capital", dizem que está escrito em sua lápide) e o estraçalhou na frente de todo mundo, em plena rua, sob o sol de agosto. O Diabo sumiu do mapa antes que chegassem os gambés. Desapareceu durante meses.

A cada vez que Guacarnaco recorda esse fatídico dia, seu estômago revira. Claro que ele estava ali, como todo mundo. Estava tão ali que tirou os óculos para ver melhor, e um respingo de sangue atingiu seu olho; outro, o pulôver novo; e um terceiro, o sapato branco. Estava tão ali que, quando a polícia chegou, foi o primeiro a ser pego - ficou petrificado, essa é a verdade - e foi também o primeiro a sair: na comunidade sussurrou-se então que Guacarnaco tinha falado demais...

O Diabo, meses mais tarde, reapareceu pelo bairro. Disse que tinha ido para a serra com uma preta qualquer e que agora estava pronto para matar o primeiro desgraçado que atravessasse seu caminho.

Naquela noite, Guacarnaco tremia ao cumprimentar o Diabo, ainda que estivesse fazendo mais calor do que de costume e nenhuma brisa movesse as folhas dos escassos arbustos. Guacarnaco pegou fôlego, chiou para si mesmo, e uma breve saudação escapou de seus lábios: "Rapaaaz".

— Meu crioulo — respondeu o Diabo, quase azul embaixo da lâmpada de tungstênio.

Yunisleide lhe dá um beijo dos mais sonoros e fica um tempo falando umas besteiras com Guacarnaco, esquentando-o com frieza, brincando com ele. O Mongo apenas ergue a vista, murmura alguma coisa e continua concentrado no barulho que os fones injetam em seus tímpanos. O Mongo veste uma camiseta preta da Destructorum ("post-apocalyptic death metal", aparece escrito nas costas) e uma calça preta justa. Seu cabelo de alambrado de campo de concentração é um verdadeiro perigo para o próximo, um ente absolutamente desconhecido para ele. Yunisleide traja um short de lycra de uma cor entre o amarelo-limão e o frango, e um top rosa que parece desvanecer em seu peito. O Diabo, fiel ao seu costume, traja uma camisa imunda e desabotoada e uma calça azul-escura, rasgada nos calcanhares eternamente pisoteados pela sola de seus chinelos chineses.

Guacarnaco é outra coisa, claro: "um mulato fino", ele garante. Passeia pelo bairro com sapatos de duas cores ou de verniz vermelho, ou com botinhas brilhantes, e calças ridículas que só ele é capaz de usar. As camisas são um mundo à parte: têm estampas de bactérias e de palmeiras, de paisagens lunares e urbanas, do Super-Homem e do Bruce Lee, vermelhas, amarelas, azuis, marrons, roxas. Isso para não falar de sua coleção de gorros, chapéus, lenços e outras viadagens que ele usa dia após dia. Mas ele não é boiola, não, que isso, ele simplesmente gosta de coisas bonitas. Ao menos é o que afirma todas as tardes, para deixar bem claro que joga no time certo. De vez em quando, sobretudo quando estão sozinhos, o Diabo olha para ele com olhos que parecem pôr em dúvida sua hombridade, e disso Guacarnaco não gosta nem um pouquinho. Imediatamente sente como se suas nádegas se contraíssem e expele um ligeiro ronco pela garganta: "Preto veado!" (bem baixinho para que o Diabo não ouça). Guacarnaco, então, saca de sua mochila inseparável as inseparáveis revistas pornográficas e as entrega ao Diabo para que ele se concentre em outras bundas que não a dele: "É o vício do presidiário", pensa Guacarnaco.

Mas nesta noite o Diabo está de bom humor. Todos fumam, e uma garrafa de rum caseiro circula de mão em mão e de garganta em garganta. A cada certo tempo, alguém se aproxima deles sigilosamente e sigilosamente segreda alguma coisa com Guacarnaco e sigilosamente lhe entrega uma nota. Então, Guacarnaco, sempre sigilosamente, entrega por sua vez um pacotinho de não sei o quê envolto em papel pardo.

— Eita, Guacarnaco. Você está fera pros negócios. Todo dom Corleone — comenta Yunisleide, depois do quarto ou do quinto cliente.

— E você? Não trabalha hoje, não?

— Não vem com frescura, moleque, que eu te deixo no chinelo, pra você saber.

— A única coisa que você vai deixar no chinelo pra mim é sua calcinha, menina. E depois vai mamar na minha pica. Anda, sai fora que está vindo outro cliente.

— Ô Guacarnaco — intervém o Diabo. — Deixa um baseado aí pra mim, vai, que eu tô quebrado.

— Deixa eu fechar uma parada aqui, meu sócio, aí eu vejo se posso te passar um. Aguenta, irmão, que isto aqui vai pra frente.

— Que pra frente o caralho, cara! O que eu quero é um baseado, foda-se o que vai pra frente, porra.

— Shhh, para, assim você assusta a clientela. Se comporta, cara, que isto aqui não é pré-escola.

— Ai, já chega, vocês dois, porra, tudo é uma baita discussão neste país de merda.

— Ai, ai, mas que merda deu nessa mina? — pergunta o Diabo, dando mais um gole.

— Shhh, cara... — Guacarnaco faz um gesto para que ele se cale.

Guacarnaco, de fato, vai fazendo seus negócios como um bom dom Corleone tropical, mafioso *cool* e *style*, ele garante se olhando na vitrine do shopping: "Oh, yeah, baby". Gesticula como se dançasse um suave break, deslocando-se lentamente, sem rigidez nem tensão. Negocia agora com um turista alemão e consegue arrancar dele quinze doletas por umas migalhas miseráveis de maconha.

— Nossa, eu sou um monstro, cara. Quinze doletinhas tranquilo. — Finge ter uma navalha na mão direita e arremata. — Na jugular, companheiro.

— Foda! — exclama o Diabo com um sorriso largo.

— Pipô — diz Yunisleide, melosa e bem putinha —, me leva então pra dançar, papito. Vamo gozar você e eu, preto...

O Diabo olha para o chão, Yunisleide sorri com malícia e até o Mongo, que em nenhum momento tinha se interessado pela conversa, tira os fones e arregala os olhos (parecendo um bonequinho japonês). Faz-se um silêncio mais espesso que compota de ervilha. Todos no bairro sabem - ou intuem, o que nesse caso dá na mesma - que Guacarnaco padece da mais inominável das capacidades masculinas, e uma espécie de pacto nunca pactuado mantém todo mundo de boca fechada, pelo menos na frente dele. Agora Yunisleide olha para Guacarnaco com tremendo escárnio, e ele, vermelho, começa a gaguejar:

— Po-po-po-porra, menina, não me fode, ca-caralho. Sai pra lá com sua putaria, cacete, que eu estou trabalhando. Não me interrompe mais.

Yunisleide ri, não diz mais nada, e o Diabo tenta contemporizar:

— Vê lá que essa putinha tem razão, cara. Você já fez uns cobres, cara, e isso a gente tem que comemorar. Vamo, vamo pra casa que eu guardei ali uma bela garrafa de aguardente. Vamo, cara. Anima aí, que você acaba de fazer um baita negócio.

Guacarnaco pouco a pouco recupera o humor e diz, sorrindo com todos os dentes:

— Caralho! Temos grana, baseado e álcool... Bora lá!

Os quatro estão numa pequena escadaria do conjunto habitacional. Diante deles, um imenso charco de águas pútridas serve de cenário ao combate naval que os moleques do quarteirão travam com barquinhos de papel, enquanto um rato gordo e peludo corre entre seus pés. Guacarnaco enrola a erva com o papel pardo e, ao fumar, sua garganta arde. Bebe aguardente para cauterizar a ferida e dá outro trago. Yunisleide se levanta e avança em direção a um cara que, da esquina, olha para ela com insistência.

— Essa aí já conseguiu cliente — comenta o Diabo, esticando o braço para alcançar o baseado.

— E você, cara, não trampa mais? — pergunta Guacarnaco, sem olhar para ele. O Diabo aspira com força e retém a fumaça durante quase um minuto, inundando-se de cannabis e empalidecendo.

— Não. Estava de estivador no porto, mas não rola, cara, isso é trampo de escravo.

— E o Turco?

— Não. Na última vez que trampei pra ele, deu tudo errado. A gente tinha que cobrar uns mangos de um babaca aí que tava devendo, mas na hora eu perdi a mão, e ele foi parar na UTI. O Turco ficou puto e disse que, se o fera morresse, eu apareceria castrado boiando no porto. Nunca mais, mano, nunca mais eu chego perto daquele cara. O cara é maluco, pra você saber. Ma-lu-co! — E faz o gesto inconfundível do indicador girando do lado da cabeça.

O que mais surpreende Guacarnaco, no entanto, é o olhar de terror do Diabo quando ele menciona o Turco, um crioulo de dois metros de altura e cento e cinquenta quilos, capaz de pôr em órbita qualquer um com uma só porrada.

— Esse cara é do mau de verdade. Cuidado! — Guacarnaco sente um tremor na pele.

Yunisleide desaparece com o cliente durante quinze minutos e, ao voltar, para numa torneira quase no chão para lavar a boca, o rosto e, sim, também ali, em cima das tetinhas.

— Ô, mamadora — grita o Diabo, jubiloso. — Vem cá, putinha, dá uma mamadinha aqui também, vai.

— Cala a boca, porco, que só eu estou resolvendo. — E rebola com aquele corpão bem na cara risonha do Diabo.

Guacarnaco, já meio zureta, começa a murmurar com insistência.

— País de merda este aqui!

— Que houve, cara? Por que tão patriota agora?

— Nada, é que isto aqui é uma bosta. — Pensando bem, acrescenta: — Se pelo menos voltasse a ser como antes.

— Como antes do quê, cara?

— Como Antes, porra, como Antes.

— E como era Antes, Guacarnaco? — interroga Yunisleide, enquanto pinta os lábios de vermelho-bandeira.

— Ô bando de incultos. Antes cada um fazia o que bem entendia, vocês não sabem? Os estrangeiros chegavam aqui cheios da grana e gastavam tudo na buceta da Yunisleide ou na minha maconha, depois iam farrear a noite inteira, beber e trepar... Antes isto aqui era o paraíso, cara. Era uma oportunidade atrás da outra. E todos cheios das doletas, curtindo adoidado. Baita farra, pra vocês saberem.

Três estrangeiros aparecem na esquina e cometem o erro de perguntar a um dos moleques algo que lhe é incompreensível;

este, depois de muitos desentendimentos, aponta para o lugar onde os quatro estão sentados. Guacarnaco se levanta com elegância, mede os potenciais clientes e sussurra ao Diabo que suba para tomar banho agora mesmo; pede o mesmo a Yunisleide ("e nada de se arrumar demais, que não precisa disso!"); e ao Mongo não pede nada porque de qualquer jeito ele não ouviria. Yunisleide não diz nada porque está mesmo fedida e quer lavar o sexo. O Diabo, de mau humor, tenta reclamar, mas, quando ergue o braço, um forte cheiro de podridão escapa de seu sovaco.

— Ai, meu filho. A verdade é que você é um porco, mesmo — comenta Yunisleide, sem piedade.

— Tá, tá. Mas não entendo pra que tanta coisa, amigo.

— Pra você ganhar uns mangos nesta noite, rapaz. Pra isso — explica Guacarnaco, encerrando a conversa e já partindo em direção à esquina.

E ali estão os turistas, de pé, sem saber o que fazer e com cara de marcianos que, por engano, aterrissaram no bairro. Os três parecem saídos de matrioskas: uma menina gorducha, loira e nada feia que parece ter roubado cada uma das peças de seu figurino de um varal diferente; um sujeito com aparência de buldogue, vestindo macacão azul e sobretudo verde; e outra mulher, com cara de tonta, que nunca disse nada, vestida como senhorita de colégio inglês. - Vários elementos da tabela periódica - resume Guacarnaco.

— Gud naite, mai frends. Mai neim is Guacarnaco Cool an aim iór local díler rier — pronuncia ele, pastosamente, e os outros parecem entender. — So if iu uant pica, ai rév pica for iu, if iu uant buceta, ai rév buceta for iu, an if iu uant drogas, ai rév a lot of drogas for iu. Sou, du iu anderstand? Uarever iu uant, an nou mérer uat iu nid, aif gáret, an aif gáret rait fãquin nau an rait fãquin rier. — Assinala seu estreito território com orgulho e provocação. — So, uat du iu uant, amigos?

A gordinha não se faz de rogada e leva o Diabo por módicos cem paus – pagos naquele instante a Guacarnaco –, mais os gastos de manutenção do negão durante toda a noite. O buldogue pira e começa a babar quando Guacarnaco Cool coloca Yunisleide na frente dele, já perfumada e de banho tomado, com um vestidinho preto que marca a pentelheira e os mamilos.

— Xis vergin, pal, is tru, an xi rés de taigtes pusi in dis fãquin taun, mai frend. Ai can garantí iu, trãst mi — diz Guacarnaco, solicitando cento e cinquenta dólares pela companhia da senhorita. Além disso, pagam outros cem por uma libra de uma maconha horrível, infumável, capaz de provocar câncer de garganta no primeiro trago. A gorda e o buldogue já estão indo embora, muito contentes com seus pares improvisados, quando notam que falta a cara de tonta.

Cara de tonta olha para Guacarnaco com olhos infantis e suplicantes, e ele engole seco, lembrando da última vez que passou aquele ridículo numa situação semelhante (e o pior foi ter que devolver o dinheiro integral àquela maldita funcionária pública espanhola que tanto tirava sarro dele); mas sempre resta uma carta escondida, e Guacarnaco, jogador experiente, puxa o Mongo para o baile.

— Ri uil roc iu ól nait, mai darlin. Ól nait long, biliv mi — diz, piscando um olho. — Long — repete Guacarnaco, insinuante.

O Mongo não entende lhufas, mas, dopado como ele vive, se ergue, coça o saco e alisa os cabos que carrega aderidos ao crânio. Foi alugado por oitenta dólares, mais os gastos.

Guacarnaco Cool continua sentado no portal do solar e, de vez em quando, um cliente do bairro se aproxima em busca de maconha. Depois de atendê-lo, Guacarnaco o apressa:

— Passa, passa, senão você atrapalha minha firma.

— Como "passa", companheiro? Isso é o que se diz aos cachorros.

— Vai, sai fora, xô... Não vê que você está enfeando o espaço público, negão? Vai, fora daqui.

Quando enfim fica sozinho, Guacarnaco Cool saca o bolo de bilhetes que leva no bolso e, contando e recontando, murmura docemente:

— Ah, se tudo fosse outra vez como era Antes. Se ao menos voltasse a ser como Antes!

E vê a si mesmo num conversível vermelho cheio de garotas e imagina ser um perfeito dom Corleone tropical...

Assim, muito *cool* e *style*.

Oaxaca, 1997 – Panamá, 2012

O mistério do dedo ausente

— O que aconteceu com seu dedo? — disse ela, ao notar a ausência do mindinho em minha mão direita.

— Eu perdi. — Ergui os ombros em sinal de incompreensão.

— Perdeu como? Não entendo.

— Eu também não entendo. Acho que esqueci o que aconteceu.

— Você não pode esquecer uma coisas dessas... — insistiu ela.

— Minha mãe costumava dizer que eu tinha que comer mais beterraba para não esquecer as coisas.

— Que diabo sua mãe e a beterraba têm a ver com isso?

— Não sei, me esqueci do que estávamos falando...

— Do seu dedo! Você não pode ter perdido sem mais nem menos.

— Estou dizendo que foi assim. Uma hora estava ali, torto como sempre foi, e agora não está mais.

— Isso eu estou vendo...

— O dedo?

— A ausência do dedo!

— Estou dizendo que perdi!

Ela fez um gesto de desagrado, desses que costumam me deixar arrepiado, e continuou:

— E o médico disse o quê?

— O que ele poderia dizer? Que eu sou um cara azarado, que pessoas normais não costumam perder os dedos num dia qualquer e que eu devia me cuidar um pouco mais.

— Esse doutor sem dúvida sabe do que fala...

— Não tenho tanta certeza; ele também não soube me dar nenhuma explicação.

— É que não tem explicação possível. Ninguém perde um dedo e continua assim, contente.

— Quem disse que eu estou contente?

— Esse seu sorriso besta é que diz!

— Deixe meu sorriso em paz...

— Claro, assim como seu dedo.

— O dedo está ótimo...

— O dedo está ausente, isso é o que esse dedo está!

— Então deixe. Eu já disse que está ótimo.

— Nenhum dedo pode estar ótimo se não existe mais!

— Não comece com a metafísica...

— Não é metafísica, estou falando de um dedo material...

— Que não existe mais.

— Exato! Esse é o ponto! Você não tem dedo!

— Tenho outros quatro nessa mão. A verdade é que não entendo para que tanto drama...

— Pouco me importa quantos dedos restam, só quero saber é como você perdeu o que falta...

— E que diferença isso faz, se você já disse que não se importa?

Ela me olhou de cima a baixo, inspecionando meu porte e minha aparência.

— Com certeza você deu para outra...

— Como é que eu vou dar meu dedo a alguém?

— Van Gogh deu a orelha...

— Van Gogh era um lunático incurável que não tinha nada mais para dar...

— Ah, você dá outras coisas... Agora eu entendo...

— Mas, amor, não tem nada para entender...

— Evidentemente, porque você não consegue explicar com certeza onde foi parar seu dedo idiota.

— Você não se meta com a inteligência do meu dedo, que não é nenhum idiota...

— Você não deveria falar no passado para se referir ao seu dedo ausente? Afinal, ele não está mais aí...

— Eu sei que ele não está! Deixe meu dedo em paz, pela sua mãe!

— Deixe minha mãe fora disso. Você sempre mete a minha mãe nos seus problemas.

— Mas se eu não tenho problema nenhum...

— Está faltando um dedo seu! Você não vai me dizer que isso não é um problema...

A coisa estava saindo do controle e, por mais que me esforçasse, eu não sabia como conter aquela fúria tão temida.

— De que você está falando?

— O que as pessoas vão dizer quando virem que está faltando um dedo seu?

— Não faço a menor ideia!

— Claro que não. Você nunca se importou com o que os outros dizem.

— E por que deveria me importar?

— Porque os outros têm todos os dedos e você não!

— Meu Deus! Eu perdi numa aposta...

— Você apostou seu dedo?

— Foi o que eu disse...

— Então, o idiota é você, não o dedo.

— Agora você vem me insultar...

— E quem eu vou insultar? O Van Gogh?

— A sua mãe! Foi ela que me cortou esse dedo maldito!

— Eu já disse para você deixar a minha mãe fora dessa!

— Mas é verdade! Foi ela que fez isso!

— E por que ela faria uma coisa dessas?

— Como eu vou saber? Por que você não pergunta para ela?

— Não penso perguntar à senhora minha mãe por que ela fez uma coisa que ela não fez...

— Se não foi ela, quem foi?

— É isso que eu quero saber desde o começo, imbecil!

Foi para a cozinha feito um furacão, quebrando tudo no trajeto e bufando como um gato ferido no mais profundo orgulho de seu ser. Eu contei até dez antes de ir atrás e, ao atravessar a porta, encontrei-a de pé no meio da cozinha, com aquele maldito sorriso triunfal que ela tanto gostava de esfregar na minha cara.

— Aqui está o seu dedo idiota — disse ela, enquanto levantava um mindinho da tábua de cortar.

Eu olhei o dedo com surpresa e murmurei sem entender:

— O que meu dedo está fazendo aí?

— É isso que eu quero saber!

— Mas eu não sei!

— Que tipo de homem sai por aí perdendo o dedo em qualquer lugar?

— E que tipo de mulher dá bronca no marido por um dedo ausente?

— Minha mãe já tinha dito: "Filha, nunca se case com um homem sem mindinho".

— Mas quando a gente casou eu tinha os dois mindinhos!

— Ah, é? Pois agora você só tem um! Como você explica isso?

— Já disse que foi tudo culpa da sua mãe...

— Já disse para você não meter a minha mãe nessa história!

— Mas foi você quem falou dela!

— A mãe é minha e eu ponho onde eu quiser, que fique bem claro!

— Claro! E o órfão que se foda...

— Se o órfão não saísse por aí perdendo dedos, ninguém lhe reprovaria porra nenhuma...

— Estou dizendo que foi a sua mãe!

— Órfão do caralho! Desdedado! Aleijado de mindinho! — Começou a me bater como só uma mulher ferida é capaz de fazer, com o facão que elas usam para cortar pedaços de frango, porco ou carne.

Então, levantei a mão esquerda para proteger o meu rosto e, num único corte, meu outro mindinho voou pelos ares até parar no chão de linóleo, acompanhado de um breve jorro hemorrágico.

— A-há! — exclamou por fim, vitoriosa.

Pachuca, 24 de março de 2014

A casa ganha

Tudo aconteceu num honorável centro de diversão noturna, onde uma série de donzelas de diversas nacionalidades e variados tamanhos disputavam os amores e os bolsos dos cavalheiros ali reunidos. Em virtude da respeitabilidade do espaço, e de sua própria virtude, o lugar era visitado por poetas oficiais, destacados intelectuais orgânicos, magistrados da Suprema Corte e políticos tanto da esquerda radical quanto da direita católica. O uísque e a cocaína corriam soltos, e em cada mesa se jogava pôquer com altas cifras não declaradas ao fisco. No fundo, os pequenos quartos com dama incluída estavam sempre ocupados.

Junto com vários amigos, ocupamos uma mesa e, como eu não jogo, dediquei-me a distribuir as cartas e moderar as inevitáveis disputas que ocorrem em todo centro de relaxamento saudável. Estávamos ali: um respeitável deputado do Partido Conservador, que ponderava em seus discursos sobre a sacralidade do matrimônio e a validade dos bons costumes; um militante da Frente Revolucionária, sempre pronto a denunciar os vícios e as perversões do capitalismo; um poeta nacionalista que, ante a menor provocação, recitava versos de fascistas estrangeiros; um ideólogo do proletariado, aristocrático e refinado como só ele; e eu, que naquela época me dedicava à compra e à venda de enervantes e à organização do acaso. Assim, fazendo o papel de banca, distribuía as cartas e a cocaína, ganhando por partida dupla, ao mesmo tempo que aproveitava a conversa amena de meus pares.

Fazia semanas que eu discutia com a Dama - como chamávamos a proprietária da casa, uma bela nortista de vinte e poucos anos com grande visão empresarial, apesar da pouca força própria - com o fim de fundir nossos negócios e ampliar os lucros, administrando também apostas esportivas e, talvez, a inclusão de um laboratório modesto no porão, o que nos tornaria independentes de todos os colombianos, atitude compatível com o nacionalismo em voga. Tanto os negócios da casa quanto os meus eram prósperos, e a fusão empresarial só poderia disparar os lucros de maneira exponencial. Além disso, sugeri que apoiássemos o exercício são da democracia e pedíssemos autorização ao Tribunal Eleitoral para instalar urnas no recinto, de modo que, nos dias duros de lei seca em que os ingênuos se dedicam a eleger presidentes, governadores, prefeitos e outros seres inúteis, os clientes não tivessem que abandonar a casa nem fazer longas filas, com a vantagem adicional de que poderíamos cobrar do melhor postulante pelo manejo adequado das urnas, ao menos em nossa jurisdição.

A Dama não dizia sim nem não. Quando fazíamos contas hipotéticas, os olhos dela brilhavam, mas, a cada vez que uma batida policial derrubava as portas, um ataque de pânico se apoderava dela. Nessas situações, eu argumentava que tudo era questão de lubrificar bem a maquinaria - não sei se você me entende, querida - e que, com os nobres cavalheiros que visitavam a casa, teríamos apoio suficiente para a iniciativa.

— A senhora imagine, Dama, se conseguíssemos convencer todos esses políticos, juízes, guerrilheiros, intelectuais e artistas, cada um com centenas ou talvez milhares de conexões e amizades nos mais diversos estratos da vida nacional, de que nossa moderna iniciativa e sua justa expansão só redundariam a favor e em benefício da própria sociedade. Ao fim e ao cabo — eu lhe dizia —, poderíamos transformar em acionistas os clientes regulares, como se fosse uma cooperativa socialista com capital privado.

A Dama balançava a cabeça, fazia contas e logo me enchia de perguntas práticas.

— E quanto pagamos à polícia?

— Quanto for necessário, Dama: ninguém perde.

— As meninas não vão ser sobrecarregadas?

— Chamamos mais, se necessário, da Romênia, da Nigéria, de Cuba ou de qualquer outro país de merda por aí. Trazemos também alguns rapazes, pois bem sabemos que não são poucos os *habitués* que preferem. No segundo andar, podemos construir mais quartos, alguns temáticos, outros de luxo.

— E como convencemos os possíveis acionistas? — perguntava ela, com generoso senso comercial.

Foi então que me ocorreu um plano com duplo propósito: esconder câmeras nos quartos, que serviriam tanto para convencer os honoráveis ilustres que os visitavam quanto para distribuir vídeos pela internet, mediante pagamento prévio com cartão de crédito. A Dama não cabia em si de satisfação e me deu permissão para começar a instalação e a configuração do sistema de videovigilância e a inauguração de um pequeno servidor. Começamos, então, a fazer negócios juntos.

Naquela noite, em nossa mesa de jogos, comentei com meus amigos, sem entrar em muitos detalhes, os novos planos da casa, assim como a possibilidade de que eles, se contribuíssem com a causa, também ganhassem uma boa porcentagem por, digamos, administração de conta. Como é de se supor, meus amigos mostraram o mais vivo interesse nos novos processos produtivos e não hesitaram em se integrar na cooperativa na posição de sócios ativos. O deputado conservador disse que poderia trazer vários senadores e garantiu que o presidente do partido gostava de senegaleses; o revolucionário contou, baixando muito a voz, que seu máximo líder era louco por menores de idade, sobretudo se fossem indígenas; o poeta disse que todos os poetas eram uns bêbados pervertidos e viciados, mas isso não representou novidade nenhuma; e o ideólogo do proletariado prometeu que convidaria seus amigos proletários, todos eles milionários.

Em seguida, dedicamo-nos a elaborar uma lista de proeminentes que de um jeito ou de outro poderíamos acessar e nela incluímos governadores, juízes, jornalistas, sindicalistas, banqueiros, esportistas, policiais, atores, produtores, enfim, todos aqueles que, com seu dinheiro, sua função ou seu sobrenome poderiam contribuir ao desenvolvimento bem-sucedido de nossa modesta empresa social. Começou, então, um processo de justa extorsão, graças às câmeras nos quartos dos convidados, que posteriormente serviria de base ao impressionante crescimento da casa. Assim, a imunidade dos políticos que nos visitavam se estendeu a nós, a Polícia Judicial resguardava nossas instalações, o Banco Agrícola Industrial me outorgou o crédito necessário para a construção de um laboratório moderníssimo de cocaína, heroína e metanfetamina, enquanto a Guarda Rural vigiava nossas plantações de *cannabis*, amapola e coca, e uma simples chamada telefônica bastava para advertir os dirigentes dos mais ilustres clubes esportivos sobre as tendências em nossas casas de apostas, que já tinham se disseminado pelo país inteiro por meio da revogação, com os incansáveis labores de um grupo de senadores, deputados e magistrados afins, da exclusividade estatal na administração dos jogos de azar.

Nosso canal de pornografia na internet logo se tornou o mais acessado – não apenas pela beleza das anfitriãs, mas pela morbidez de ver ao vivo e em cores os homens mais ilustres de nosso tempo. Em poucos meses, aparecemos na televisão aberta em todo o continente e do outro lado dos oceanos também. Dignitários estrangeiros e personalidades do mundo do espetáculo marcavam encontros na casa, e nosso distrito eleitoral logo se tornou o mais populoso e politicamente ativo do país. Nós nos encarregamos, assim, de impulsionar nossos próprios funcionários públicos.

Com o tempo, comprei os principais canais de televisão, as estações de rádio e os jornais mais importantes, e, com a instalação dos novos estúdios e das rotativas de última geração, controlamos o chamado "quarto poder". O poeta nacionalista insistiu que absorvêssemos também as principais revistas literárias e culturais, tomando, assim, a produção intelectual. Graças à mediação do revolucionário e do ideólogo do proletariado, dedicamo-nos a financiar toda a subversão, que logo começou a atuar em nosso favor e sempre com nosso beneplácito. Compramos indústrias e pastagens por todo o país, desenvolvemos cooperativas privadas e consolidamos o processo de expansão político-empresarial em todas as regiões da nação.

A Dama não cabia em si de bondade e doçura, e sua beleza a tornou lendária no país inteiro. Com seu dom para cuidar das pessoas, ela conseguiu comandar um exército de senhoritas dispostas a dar tudo nas lides do amor. Não havia homem que não sucumbisse diante delas nem mulher que não as odiasse. As filhas dos poderosos se uniam à armada voluntariamente, e as que não o faziam eram extorquidas com delicadeza, até que vestiam o uniforme e exerciam o ofício como as boas mercenárias que no fundo eram. Insaciáveis ou intransigentes, não soltavam o inimigo antes de sacarem dele até o último centavo ou o último suspiro. Era um batalhão invencível, sempre bem pago e bem cuidado.

Logo nos apoderamos também das Forças Armadas, depois de enviar nossas moças para combatê-los e derrotá-los em seus próprios acampamentos. Os sindicatos afundavam com suas greves as poucas indústrias e empresas que resistiam a nosso avanço, e os professores inculcavam nas crianças o respeito por nossos interesses. As universidades, financiadas com meu dinheiro, pertenciam a mim *de facto*, e pela primeira vez em décadas não houve revoltas nem manifestações, pois, antes que eles protestassem, nós já dávamos o que queriam, respeitando, isso sim, a sacrossanta autonomia.

Nesse meio-tempo, a Dama e eu estreitamos relações e formalizamos nossa união; o evento foi de tal magnitude que até os tabloides britânicos se encarregaram de cobrir e dar todos os detalhes com meses de antecedência. No casamento, organizado como ato patriótico, compareceram dezenas de milhares de poderosos afiliados a nossa organização e milhões de proletários atraídos pelo banquete popular que oferecemos. Durante anos não se falou de outra coisa, e tudo o que esbanjamos serviu para abater as últimas reticências em relação a nossa atuação e as suspeitas sobre nossa incomensurável fortuna.

Depois da lua de mel, num conhecido paraíso fiscal, eu me lancei à conquista das jazidas mineiras, dos aquíferos e dos poços de petróleo do país. Enquanto eu implantava meus métodos de produção em cada província, município e bairro, a Dama enviava sua armada para conter qualquer possível sublevação, fosse operária, agrária ou estudantil, que logo se extinguia entre os inexoráveis encantos de suas milicianas. Juntos, construímos um empório que fez com que recuassem os mais arrojados homens de negócios, e as matronas do país inteiro disputavam os comandos locais do exército da Dama. Éramos, sim, um casal invencível.

Então, uma vez conquistado o árido mundo dos negócios, e inconformado com o mero poder econômico, eu me proclamei presidente da República sem oposição nenhuma e com o honrado beneplácito de todos os partidos, sindicatos, organizações, exércitos e, em geral, com o apoio de todas as forças vivas da sociedade. Jamais governante algum foi tão respeitado quanto eu sou e, ainda que a reeleição nunca tenha sido bem-vista no país, eu não vi problema nenhum em legalizá-la e exercê-la. Desde então, a Dama é chamada de Primeira-Dama; solidária e caridosa como sempre foi, dedica-se agora a dar educação e emprego a todas as meninas pobres da nação.

Panamá, agosto de 2011

A chamada de Cristo

Cristo me ligou naquela noite. Disse que tinha umas garrafas de vinho e alguns gramas de cocaína e que seria bom que eu fosse visitá-lo para uma última ceia antes de nos despedirmos, talvez para sempre. Eu era vendedor de autopeças e viajava de povoado em povoado em busca de oficinas e distribuidores, tentando colocar peças de reposição chinesas em carros americanos, um negócio que não chegava a prosperar. Nós tínhamos nos conhecido poucos dias antes, numa cantina escura chamada El Paraíso, propriedade de um negro de nome Alá, que a cada dia tinha setenta e duas novas virgens para o prazer do respeitável público. Eu me acotovelei no balcão, pedi uma aguardente barata e, pouco depois, Cristo sentou-se ao lado.

— Oi — disse ele, estendendo a mão branca e ossuda. — Eu me chamo Cristo. E você?

— Eu não, eu não me chamo Cristo — respondi, mal-humorado. Tinha passado o dia inteiro tentando vender uns carburadores da Shanghai International Motor Supplies, sem nenhum sucesso, e minhas escassas economias evaporavam junto com a aguardente.

— Irmão, não fique assim — disse ele, com a maior simpatia. — Veja, eu lhe ofereço uma bebida. — Converteu a água em aguardente. Disse ser artista pintor, ainda que mais parecesse um pedreiro desempregado, e em seguida me mostrou um pacote de postais com reproduções de sua obra, que ele tentava vender à gente poderosa da cidade, também sem sucesso. Falamos muito naquela tarde e, quando nos despedimos, como eu tinha comentado que logo deixaria a cidade, ele disse que me ligaria para jantarmos juntos, coisa que ele fez naquela Sexta-Feira Santa.

Cheguei cedo à morada dele, lá pelas oito, e nos acomodamos na sala, que também servia de estúdio. Nas paredes estavam pendurados seus quadros, abstrações em óleo com primeiros planos de desenhos animados (o Mickey com um revólver e uma auréola iluminando suas orelhas; o Pateta bravo, envolto em sua mortalha); o chão, com grandes manchas de tinta, também parecia um quadro abstrato.

Abrimos uma garrafa de vinho tinto, e Cristo preparou um cachimbo com maconha. Começou a se queixar do mercado de arte, em franca recessão nesses tempos de crise, e de como andava mal sua atual galeria, que só vendia pintura decorativa sem maior valor conceitual. Eu acompanhava seu discurso com interesse e, ainda que não saiba nada de arte, devo admitir que gostei dos desenhos dele. Nós nos servimos uma segunda taça e enchemos o cachimbo. Ele precisava de um vendedor (um *marchand*, ele disse) e tentava me convencer a ocupar esse posto.

— Tenho certeza — disse ele — de que você é capaz de vender arte muito bem.

Eu não estava tão convencido disso, em parte pela minha ignorância no assunto, em parte pela já mencionada crise econômica, que limitava os negócios de segunda e terceira necessidade. Estávamos no meio dessa negociação quando tocou a campainha.

Cristo abriu a porta e cumprimentou dois de seus acólitos (foi assim que ele os apresentou), uma garota simpática chamada Madalena e o namorado dela, um gringo também agradável, ex-*marine*, que disse ser *Jew*. Estavam fazia meses pregando pelo continente e acabavam de chegar à cidade, onde passariam algumas noites. Ela arrumou alguma coisa para beliscar, pão ázimo, queijo de cabra e pepinos frescos, e eu me dediquei a preparar umas carreiras de cocaína para acompanhar o vinho. A conversa seguiu pelos rumos da arte, até que o gringo, sem saber o que dizer, começou a falar de pranchas de surfe. Em seguida, conversamos sobre as últimas revoltas estudantis e a repressão desatada, e ele, o gringo, falou de fuzis de assalto. Depois, Cristo comentou alguma coisa sobre "os gringos", e o gringo se ofendeu e disse que isso era como chamar os negros de *niggers* ou os imigrantes clandestinos de *wetbacks*, e nós concordamos.

Tomamos mais algumas garrafas - e outras carreiras, e outros cachimbos -, e eu me despedi, mais por cansaço que por tédio. Caminhei de volta à pensão fedida que me resguardava, a uns dois quilômetros de distância, e antes de chegar parei no bar da esquina para tomar a última cerveja enquanto repassava a conversa e a ideia, talvez não totalmente absurda, de me dedicar à venda de arte. Pensava que, de qualquer jeito, eu não estava me saindo tão bem naquela história de peças chinesas para carros americanos e que já era hora de experimentar outros caminhos. Pensava também que estava um pouco entediado da vida.

Foi então que o telefone tocou.

— Irmão, é o Cristo. Então, deu uma baita encrenca e eu não sabia para quem ligar e...

— O que foi que aconteceu? — perguntei, preocupado.

— Foi o gringo, compadre, que ficou louco e começou a me bater, o maldito.

— Como é? Você está bem?

— Estou, mas ele me expulsou de casa e me botou na rua, irmão.

— Estou voltando — eu disse. — Em vinte minutos estou aí.

— Não, espere — disse Cristo. — Eu tenho carro, me diga onde você está e eu passo para buscá-lo.

Cinco minutos depois, Cristo me pegou na esquina e, enquanto decidíamos como tirar o gringo da casa dele, fomos a toda a velocidade a um gueto do outro lado da cidade, comprar quatro gramas de cocaína e cheirar tudo de uma vez, sem elegância nenhuma, no capô do carro. Depois passamos pela minha pensão, peguei uma cambota que tinha no mostruário, e voltamos correndo para a morada dele.

Derrubamos a porta aos chutes e, antes que o gringo pudesse dizer *hello*, comecei a bater nele com a cambota enquanto gritava "*Jew* de merda" e outras bonitezas, e a namorada dele, Madalena, arranhava o rosto de Cristo e o xingava, até que ele se decidiu a dar nela uma bela bofetada, que a fez cair desmaiada. O gringo sangrava por todo lado e, já no chão, Cristo começou a torturá-lo. Enrolou um belo pedaço de arame farpado em volta da cabeça dele, na altura da testa, e em seguida o fustigou com um chicote que tirou do meio de seus brinquedos sexuais. O certo é que, como nem Cristo nem eu estávamos dispostos a soltar o gringo, acabamos por arrastá-lo para fora de casa, o colocamos no carro e o levamos aos arredores da cidade, perto das eclusas; como não conseguimos pensar em nada melhor, pegamos duas tábuas e o crucificamos por traição.

Durante três dias, ficamos de guarda diante do gringo crucificado, esperando em vão sua ressurreição.

Panamá, agosto de 2011

A vinte e dois

Não acordei de bom humor. O encontro da noite foi um pouco mais insosso do que de costume e, no final do jantar, eu já tinha perdido todo o interesse nela.

— E foi naquele momento que eu decidi tingir o cabelo — disse a falsa ruiva, brincando com seus falsos cachos.

Tomamos a última taça e partimos para a casa dela, enquanto ela contava, não sem desânimo, quanto era tedioso seu trabalho em algum ministério desconhecido. Meu emprego não era mais excitante - oito horas diárias numa agência bancária, contando dinheiro alheio atrás de um vidro blindado. Meus colegas de trabalho eram tão insípidos quanto eu, e minhas colegas eram tão simples quanto ela, que agora tagarelava comigo no meu carro.

— Minha última aventura foi com o gerente. Ficávamos na sala dele quando os outros já tinham ido embora, até que a mulher dele ligava para perguntar a que horas ele voltaria.

Parei o carro na frente de um prédio cinza, na avenida Central. Dei-lhe um beijo desanimado, acariciando seus seios flácidos enquanto ela apalpava minha coxa, também flácida. Era quase meia-noite quando eu disse que não podia ficar:

— Tenho que trabalhar amanhã — menti.

— Mas amanhã é sábado — replicou ela, sem convicção.

Eu me despedi com um "te ligo estes dias" e dirigi para casa, do outro lado da cidade. Tomei rum com gelo, jogado no sofá na escuridão, apenas com o resplendor da lua no centro da claraboia e o eco do trem elétrico zunindo distante. Pensava nos muitos anos estancado num trabalho de merda, sem outro futuro além de uma pensão magra, sem outro prêmio além do desengano. Sorri com certo cansaço.

O que me acordou foi o jornal batendo na porta da sacada; ainda que se tratasse do típico ritual sabatino, encarei aquilo como uma afronta. Fui me refugiar na cozinha, fritei uns ovos, fiz umas torradas, me servi uma cerveja e folheei o jornal por costume, sem prestar muita atenção nas palavras. A reportagem principal falava de um suposto desvio no Banco Nacional.

Abri outra cerveja, pus um disco de música tropical e me dediquei a ler a seção de esportes, pretendendo não dar importância à questão do banco. Pulei as páginas policiais, cheias de mortos e feridos, e fui assaltado pelas lembranças da violência desatada de dois verões atrás, quando as quadrilhas dos bairros vizinhos transformaram o nosso num campo de batalhas. À noite, os tiros se sucediam com voz própria: alguns graves, outros agudos, alguns rápidos e secos, outros mais profundos e calmos. Ninguém se atrevia a sair depois do pôr do sol e, mesmo durante o dia, o passo era apressado e os cumprimentos, distantes. Sem perceber, começamos a nos organizar, a fazer vigílias noturnas e, ainda que ninguém dissesse em voz alta, tínhamos certeza de que nos esmagariam.

Alguns vizinhos serviram o Exército em tempos de conflito guerrilheiro e sabiam alguma coisa do assunto, outros confessaram que tinham um revólver em casa e, dadas as circunstâncias, ninguém viu motivo para se escandalizar. Lembrei que um dos guardas do banco tinha falado um dia de certo sobrinho que se dedicava ao comércio de armas usadas e sem registro. Decidi pedir ajuda a ele.

— Com seu orçamento e sua inexperiência, recomendo uma vinte e dois: não quero que você acerte seu próprio pé. — Fez uma pausa para olhar em volta e acrescentou: — Eu acerto tudo com meu sobrinho, mas a transação é você que tem que fazer. Eu não posso me envolver numa história como essa. O uniforme me impede.

Dois dias depois, ele me passou o endereço de um bar no centro.

— Apareça nesta noite às dez, meu sobrinho vai esperar com a encomenda. Não tem erro: é um negro de quase dois metros, sempre de gorro frígio. Só diz que fui eu que mandei você lá.

Eu tinha imaginado um bar escuro e silencioso, repleto de indivíduos de olhar turvo e passo desconfiado, mas me surpreendi com as cores, o barulho e a animação próprios de lugares da moda. Ao fim do salão, inconfundível, o negro de gorro frígio.

Ele me olhou de cima a baixo com perplexidade e riu:

— Esperava outra coisa — gritou por cima dos ritmos eletrônicos.

— Eu também — respondi, sorrindo.

Comentei que o tio dele não tinha conseguido me acompanhar, e ele garantiu que era melhor assim.

— Não gosto do pessoal de farda, ainda que sejam parentes.

Uma hora depois, em casa, abri o pacote. Um revólver preto, de cano largo e perfil agudo se ajustou bem a minha mão. Lembrava a arma de um espião de cinema.

Eu ainda era casado quando comprei a vinte e dois. Minha mulher franziu os lábios ao ver a arma e perguntou se não era mais simples que nos mudássemos dali. Lembrei que nossas economias eram tão exíguas quanto nossos salários, e ela mur-

murou alguma coisa sobre o desperdício com armas de fogo. A discussão teria se estendido até o amanhecer, se não tivesse começado um baita tiroteio a poucas ruas da nossa. Ela me olhou aterrorizada; eu pedi que ela apagasse as luzes e saí para estrear a arma, indeciso e jubiloso.

As semanas se sucederam, e fomos nos acostumando àquela espécie de guerra irregular; atirando, nos escondendo, contra-atacando. Aprendi a dominar a vinte e dois, arma de pouca potência, não muito ruidosa, com pouco recuo. Quanto mais confortável eu me sentia com ela, mais desconfortável se sentia a minha mulher em minha presença. Mais de uma vez eu a surpreendi me olhando com receio. Em seguida, murmurava que eu não era mais o mesmo e se afastava apressada. A cada dia se distanciava mais. Eu adquiri o hábito de beber toda noite, primeiro antes de fazer a ronda, depois também ao voltar. Recolhíamos nossos primeiros mortos.

Uma madrugada, numa daquelas intermináveis vigílias, ouviu-se um escândalo na frente da loja do chinês. As quadrilhas estavam em confronto, e nós nos aproximamos com cautela, em semicírculo, como tinha nos ensinado um ex-sargento da polícia, também vizinho. Ainda que eles estivessem mais bem armados e fossem de modo geral mais hábeis, o fator surpresa e o conhecimento do território nos favoreciam, assim como o instinto de sobrevivência, de defender nossas mulheres e nossos filhos. Conhecíamos o bairro, atravessávamos becos e ruelas com velocidade inusitada e dominávamos cada possível esconderijo. Enquanto vizinhos, dispúnhamos de acesso a sacadas e telhados e, em pouco tempo, alguns de nós começaram a atuar como franco-atiradores, ainda que não fossem tão eficientes quanto gostaríamos. Não fosse urgente, a situação seria risível: um grupo de lojistas e balconistas de meia-idade, alguns mais gordos que outros, defendendo uma vizinhança de classe média sem mais valor que a calma que até então reinara.

Naquela madrugada, ao cercá-los em frente à loja, também nos comportamos como uma quadrilha. Atacamos sem quartel, de todos os ângulos. Protegido atrás de um muro de concreto, eu atirava seguidas vezes com a segurança que só a prática dá e o prazer de ter dominado a violência. Depois de quinze ou vinte minutos, o fogo minguou; do outro lado da rua, vários corpos estendidos, e ninguém sabia quem tinha matado quem. Quando finalmente acabaram os tiros, revisamos os cadáveres. Então, vi o de gorro frígio entre os mortos: não soube o que pensar.

Esse foi o fim da guerra que, durante um verão, torturou a vizinhança. Meu casamento também acabou. Depois de um mês, minha mulher ligou para anunciar que começaria os trâmites do divórcio. Esperava que eu não criasse empecilhos. Quando nos vimos diante do juiz, nos cumprimentamos sem rancor. Ela disse que eu parecia bem.

— Faz um mês que não bebo — eu disse, mesmo sabendo que não fazia sentido mentir. Em seguida comentei que, em minha opinião, ela continuava sendo a mulher mais bonita do universo, e ela corou. Na despedida, ela me lançou um beijo à distância. Seu sorriso não teve impacto sobre mim.

Voltamos a nos encontrar seis meses mais tarde, num bar do centro. Eu estava entrando com uma fulana que mascava chiclete e mal passava da idade legal, ela estava saindo com um cavalheiro dos mais elegantes, um pouco mais velho do que eu, e pareciam felizes. Trocamos cumprimentos como se fôssemos velhos amigos e apresentamos nossos respectivos. Na rua, um carro esportivo prateado os esperava, e pela janela ela me lançou aquele olhar de condescendência que tanto me irritava durante nossa relação. A fulana que mascava chiclete perguntou quem ela era, e eu mandei que ela fechasse o bico.

Um dia ligou para anunciar que tinha se comprometido com o cavalheiro em questão e perguntou se eu ainda estava saindo com aquela garotinha. Eu me limitei a brincar sobre o peso dos diminutivos nos lábios de uma fêmea e lhe desejei o melhor com o novo marido. Talvez tenha sugerido que, pelo porte e pela aparência dele, ela não sofreria as carências que vivera comigo. Ela me deixou falando sozinho, com o copo numa das mãos e o telefone na outra.

Meu humor estava cada vez pior, e o supervisor ligou para advertir que a situação era muito grave. "Na segunda, cabeças vão rolar", ele ameaçou com aquela voz de mafioso de filme dos anos 1940. Comentei que o mundo era um lugar injusto, que os demitidos seriam caras sem poder nem peso, como eu, e que os verdadeiros responsáveis pelo desvio seriam deslocados a outras agências ou outros cargos sem nenhuma punição, a não ser um reajuste salarial. O chefe quis ignorar qualquer possível insinuação minha e se contentou em ressaltar minha condição de subordinado. Isso deixou meu humor ainda pior.

Abri outra cerveja e liguei no futebol. A seleção perdia por três gols e, de alguma forma, isso me reconfortou. Aplaudi a decisão do juiz de decretar um pênalti contra nós e comemorei como um possesso quando tomamos o quarto gol do adversário. Quis ligar para algum amigo para falar do jogo, da crise ou do clima e lembrei que na verdade fazia muito tempo que eu não conversava com nenhum amigo. Talvez ela tivesse razão. Eu não sou mais o mesmo.

Quando o telefone tocou, pensei que era outra vez o supervisor, mas um triste sorriso me atravessou o rosto quando ouvi sua voz. Respondi fingindo uma alegria que, na verdade, eu não tinha vontade de sentir.

— Como anda a vida? — perguntou ela, também fingindo.

— Melhor que ontem e pior que amanhã — garanti, sem convicção, da cozinha, onde tentava preparar alguma coisa para comer.

— Li as notícias sobre o banco e me perguntei se alguma coisa dessas podia afetar você de algum jeito ou...

— Não, nossa agência está limpa — menti. — De qualquer forma, empregados como eu não têm oportunidade sequer de embolsar uns trocados.

— Era o que eu imaginava, mas não pude deixar de ligar para você.

— Tranquila, vou ficar bem.

A cozinha era um desastre. Encontrei uma caixa de comida industrializada e enfiei no micro-ondas.

— Como andam as coisas com o cavalheiro rico?

Ela limpou a garganta antes de responder.

— Era sobre isso que eu queria falar...

— Algum problema?

— Não, não, é que... estou há meses pensando em como contar para você...

— E então...?

— Estou grávida — anunciou.

Durante mil segundos, permaneci em silêncio, sem saber o que responder. Consegui forjar um tom feliz.

— Que maravilha! Finalmente você conseguiu...

— Obrigada. Eu não sabia como você reagiria.

— É o que você sempre quis, não?

— Sim!

Esse "sim" foi cravado em meus rins.

— Que bom que eu posso contar com você — disse ela, como se eu tivesse afirmado que podia.

— Claro que você pode contar comigo! — respondi, ofendido.

— E você, está bem? Alguma namorada?

— Bom, você sabe, nada sério.

— Conheço você... — disse ela.

— E quantos meses de gravidez?

— Seis.

— Fico contente que você tenha avisado... antes do parto.

Eu me sentei diante do meu último prato de comida sintética e dei um gole na última lata de cerveja. Na televisão, em todos os canais, as notícias do escândalo bancário e do desvio de fundos. Na mesa, ao lado de minha mão direita, a vinte e dois carregada e pronta. No chão, a mala cheia das notas novas, recém-emitidas pelo Banco Nacional.

Panamá, agosto de 2011; revisado em setembro de 2012

Testemunhos

É um exercício de risco nos aproximarmos de quem foi Canek Sánchez Guevara (Havana, 1974 – Cidade do México, 2015). Para tal, citaremos suas próprias palavras (em textos autobiográficos e entrevistas feitas de 2005 a 2014), além de outros testemunhos.

1. Canek foi um homem de um rigor moral a toda prova, bondoso e sedutor, cínico como costumam ser os corações puros diante do desastre que nos circunda.

Interrogado por uma jornalista brasileira em 2012 sobre o que fazia, Canek respondeu: "Sou um vagabundo profissional, observador internacional, antropólogo urbano, filósofo de supermercado, cronista do que carece de interesse, escritor de nada concreto".

Sobre a presença de Che em sua vida: "Admiro seu internacionalismo e seu caráter aventureiro, de que sem dúvida também me nutri. Che morreu como viveu, lutando pelo que acreditava correto e com os métodos que considerava corretos".

Canek se definia como "anarquista, libertário, liberal ultrarradical, democrata subterrâneo, comunista-individualista, ego-socialista. Enfim, qualquer coisa que não me seja imposta e que não possa impor aos outros. Sou de 'esquerda' se isso significa antes de tudo questionar as incoerências e os equívocos da própria esquerda. E seus excessos, claro. Infelizmente, não parece ser um exercício apreciado pelas esquerdas".

Em *Quién soy yo*, que escreveu em 2006, afirma: "Em 1996 saí de Cuba, um ano após a morte da minha mãe e dez depois de chegar a Havana. Saí com o coração destruído e as ideias mais revoltas do que quando cheguei: tinha vivido dos doze aos vinte e dois anos ali. Eu me criei em Cuba: amei e odiei o país como só se pode amar e odiar algo valioso, parte fundamental de si".

"Todas as minhas críticas a Fidel e epígonos partem de seu distanciamento aos ideais libertários, da traição contra o povo de Cuba e da espantosa vigilância estabelecida para preservar o Estado por cima de sua 'gente'. A revolução não foi democrática porque engendrou em si as classes sociais destinadas a impedi-lo: pariu uma burguesia, aparelhos repressivos dispostos a defendê-la do povo e uma burocracia para distanciá-la dele. Mas foi antidemocrática sobretudo pelo messianismo de seu líder. Erigir-se salvador da pátria é uma coisa; sê-lo para sempre é outra. Com efeito, Fidel – com suas tropas e boa parte da sociedade civil – livrou Cuba da ditadura de gângsteres de Batista, mas com sua permanência obstinada só conseguiu se converter, ele mesmo, em ditador. Do jovem revolucionário ao velho tirano há um abismo insuperável; o mesmo que há entre o dissenso daquele rebelde e o mando deste sujeito enlouquecido por poder e glória. Tudo isso ocorre em Cuba, onde não rege o socialismo nem o comunismo, e sim um vulgar capitalismo de Estado chamado também fidelismo. Minha crítica ao regime de Havana não se deve ao fato de ser comunista, e sim ao fato de não o ser."

"A liberdade só existe se o indivíduo consegue se emancipar do trabalho assalariado. Se sua liberdade é a condição de todos, e vice-versa."

2. Esta nota responde à necessidade de ordenar lembranças desconexas de uma amizade construída em episódios que gravitam em torno do escritor extraordinário que Canek foi; e de seus pais, Hilda e Alberto, partícipes de uma genealogia política que determinou em parte um destino excepcional.

Quem escreve estas linhas foi um dos companheiros de aventuras revolucionárias dos pais de Canek em Havana, em Milão e no México. Já em 1966 havia conhecido a mãe de Hildita, Hilda Gadea,* e estive presente no nascimento de Canek em Havana; vivi com os três no exílio em Milão (1975-77) e na anistia política no México a partir de 1979.

Por que nos encontramos em Havana em 1973? A convite de Che, Hildita** vivia com a mãe desde o triunfo da revolução, em 1959; Alberto era um guerrilheiro mexicano da Liga dos Comunistas Armados de Monterrey, que participou da libertação de militantes de sua organização, trocados pelos passageiros de um

---

* Hilda Gadea Acosta (Lima, 1925 – Havana, 1974), economista peruana e dirigente do Aliança Popular Revolucionária Americana. Foi a primeira mulher de Che e quem o introduziu nos círculos de esquerda, quando estava exilada na Guatemala e trabalhava para o governo de Jacobo Arbenz. Guevara conheceria ali exilados cubanos do Movimento 26 de Julho (fundado por Fidel), entre eles Antonio "Ñico" López, que lhe daria o apelido de "Che". Com o golpe de Estado impulsionado pela CIA que derrubou Arbenz, em 1954, foi detida e liberada, tendo que emigrar para o México. Ali voltou a se juntar com Che, com quem se casou em 1955. Em 1956 nasceu a filha de ambos, Hilda Beatriz Guevara Gadea. Naquele ano, Che partiu com Fidel e seus homens no *Granma* em direção a Cuba, para iniciar as ações que derrubariam a ditadura de Batista. Quando os revolucionários tomaram o poder, em 1959, Che se divorciou de Hilda para se casar pela segunda vez, e a convidou a morar em Cuba com sua filha. Ela aceitou e viveu como funcionária do governo até a morte, em 1974. Hilda publicou *Che Guevara: los años decisivos* (México, 1972).

** Hilda Beatriz Guevara Gadea (Cidade do México, 1956 – Havana, 1995), a Hildita, era filha de Hilda Gadea e Che. Casou-se em Havana em 1973 com o guerrilheiro mexicano Alberto Sánchez Hernández (Monterrey, 1952), o pai de seus filhos: Canek (Havana, 1974 – Cidade do México, 2015) e Camilo (Monterrey, 1981).

avião comercial que eles levaram a Cuba em outubro de 1972; quanto a mim, era um dos trinta guerrilheiros presos em cadeias mexicanas, trocados pelo cônsul dos Estados Unidos em Guadalajara e confinados em Cuba a partir de 6 de maio de 1973.

Treze dos quase cinquenta guerrilheiros mexicanos que tinham chegado a Cuba naqueles anos, integramos em junho de 1973 a Unidade Combatente Proletária (UCP) Raúl Ramos Zavala, com a finalidade de nos reintegrarmos à luta no México contra o regime do PRI (ao qual se opunha o governo cubano).

Hildita e Alberto se casaram no fim daquele ano, e ela entrou para a UCP. Quando Brejnev visitou Cuba em janeiro de 1973, fomos presos pela polícia cubana. Pouco depois Hilda Gavea morreu de câncer e, em 23 de maio, nasceu Canek. Alguns militantes e eu conseguimos escapar em 1975 e nos refugiamos na Itália até sermos anistiados pelo governo mexicano, em 1979.

A continuação desta história é narrada por Canek em *Quién soy yo*. Para seguirmos os passos dele, daquele ano até sua morte, podemos consultar entrevistas nas quais enfrenta questões inescapáveis e as responde com notável clareza crítica.*

3. *33 revoluções* é o romance inédito que ele começou a escrever na França em 2007 e terminou no México em 2014. Com a notável colaboração de editores europeus (sobretudo Sandro Ferri e Anne-Marie Métailié) e a destacada participação de Victor Hurtado, agente literário mexicano radicado em Barcelona, foi lançado na França, na Itália e em territórios de língua inglesa e

* Entrevista a Homero Campa, em *Proceso*, 2004; entrevista a Viriato Teles, publicada em *A Utopia*, 2005; entrevista a Patrícia Britto, publicada na *Folha de S.Paulo*, 2012; entrevista a Javier de la Mora em spleenjournal.com, 2014; textos incluídos na edição francesa de *33 revoluções*; entrevista a Daniel Pinós, em *Le Monde libertaire*, 2005; "Le petit-fils du t-shirt", em *Le Nouvel Observateur*, 2010; "Ondergraun. Un 'friki' à La Havane", texto incluído em *Les Héritiers du Che*, em coautoria com Jorge Masetti (Presses de la Cité, 2007).

espanhola, além de no Brasil, Holanda, Turquia, Japão, China, Taiwan e Croácia.

Destaca-se a edição anotada do *Diário da Bolívia*, de Che, que Canek preparou junto com o cubano exilado Radamés Molina Montes, publicada em Barcelona em 2011, e que se abre com uma análise político-histórica polêmica.

Canek escreveu entre 2008 e 2012 uma coluna semanal na revista *Milenio*, intitulada *Diário sem motocicleta* (alusão irônica ao livro que conta o percurso latino-americano do jovem Ernesto Guevara em 1953). A editora espanhola Pepitas de Calabaza reuniu esses textos em quatro volumes, em que Canek narra suas viagens.

4. Ao saber da morte de Canek, o célebre jornalista Jon Lee Anderson (autor de *Che Guevara: A Revolutionary Life*, 1997), que o conheceu bem, escreveu: "Canek Sánchez Guevara foi um escritor brilhante e apaixonado que morreu jovem demais. Este inapagável relato póstumo é uma recusa visceral ao patrimônio político que lhe coube por ser o neto de Che, e também um grito de socorro".

E, de Lima, Ricardo Gadea Acosta (seu tio-avô, irmão de Hilda Gadea Acosta), peruano fundador do Movimento de Esquerda Revolucionária em 1963: "Querido Canek, acabo de saber que você não acordou da operação no coração. É incrível que tenha ido embora de improviso, sem dar sinais. E tão cedo, porque mal tinha ultrapassado os trinta e nove anos da sua mãe, Hildita, a rebelde, quando ela morreu em Havana, e do seu avô, que tinha a mesma idade quando caiu na guerrilha boliviana. É como uma sina familiar, essa vida fulgurante, acelerada.

"Lembrarei as discussões que travamos sobre filosofia e política. Você era um anarquista convicto, não só no plano ideológico, mas também na vida. Parte deixando inconclusos grandes projetos. Eles ficam como um desafio a quem continuar seu caminho. O importante é que sua passagem por este mundo foi rica e produtiva, nos deixa lições, ideias, sentimentos e paixões, com a força que você colocava em tudo. Não o esqueceremos. Um abraço forte, até a vitória sempre, sobrinho, amigo e companheiro."

5. E uma questão inevitável: de imediato, quem se beneficia com a morte de Canek? Não há dúvida de que a ditadura castrista, que, na previsível derrocada que enfrenta, tem agora um inimigo a menos. Por sua genealogia e sua trajetória, Canek era um dissidente moral capaz de aglutinar forças de oposição em Cuba e participar num movimento libertário na fase de transição política que se abre na ilha e na sociedade pós-castrista.

Como diz o narrador de *33 revoluções*: "Não estamos fazendo história, pensa: estamos nos deixando levar por ela. Como as correntes do mar, nos distanciamos da costa. Jejuamos à deriva: a história nos arrasta. Depois de décadas de domesticação, agora se rebela. Como somos incapazes de transformá-la, ela nos passa a conta".

Jesús R. Anaya Rosique
Editor, tradutor e pesquisador mexicano
Cidade do México, 30 de julho de 2016

Este livro foi composto em Utopia e impresso pela Intergraf
para a Editora Planeta do Brasil em setembro de 2016.